Bianca

WITHDRAWN

El conde francés
Kate Hewitt

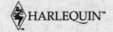
HARLEQUIN™

Editado por HARLEQUIN IBÉRICA, S.A.
Núñez de Balboa, 56
28001 Madrid

© 2009 Kate Hewitt. Todos los derechos reservados.
EL CONDE FRANCÉS, N.º 2037 - 10.11.10
Título original: Count Toussaint's Pregnant Mistress
Publicada originalmente por Mills & Boon®, Ltd., Londres.

I.S.B.N.: 978-84-671-9059-5
Depósito legal: B-35407-2010
Editor responsable: Luis Pugni
Preimpresión y fotomecánica: M.T. Color & Diseño, S.L.
C/ Colquide, 6 portal 2 - 3º H. 28230 Las Rozas (Madrid)
Impresión y encuadernación: LITOGRAFÍA ROSÉS, S.A.
C/ Energía, 11. 08850 Gavá (Barcelona)
Fecha impresion para Argentina: 9.5.11
Distribuidor exclusivo para España: LOGISTA
Distribuidor para México: CODIPLYRSA
Distribuidores para Argentina: interior, BERTRAN, S.A.C. Vélez
Sársfield, 1950. Cap. Fed./ Buenos Aires y Gran Buenos Aires,
VACCARO SÁNCHEZ y Cía, S.A.
Distribuidor para Chile: DISTRIBUIDORA ALFA, S.A.

Capítulo 1

CUANDO los aplausos cesaron, un profundo silencio se adueñó de la sala de conciertos. Una maravillosa expectación impregnó la estancia y Abigail Summers experimentó una emoción casi eléctrica.

Respiró profundamente y colocó las manos sobre el piano de cola que había en el centro del escenario de la Salle Pleyel de París. Entonces, cerró los ojos y comenzó a tocar. La música parecía fluir directamente de su alma a través de los dedos y llenaba la sala con las misteriosas y atormentadas notas de la *Sonata nº 23* de Beethoven. Para Abby no existían los espectadores que la escuchaban sumidos en un recogido silencio y que habían pagado casi cien euros para escucharla. Desaparecían a medida que la música se iba apoderando de su cuerpo, mente y alma con una fuerza apasionada. Siete años como profesional y una vida entera de clases le habían enseñado a centrarse sólo en la música.

Sin embargo, a mitad de la *Appassionata*, sintió... algo más. Fue consciente de que una persona la estaba observando. Por supuesto, varios cientos de personas lo estaban haciendo en aquel instante, pero él, porque sabía instintivamente que se trataba de un hombre, era diferente. Único. Notaba que la estaba observando a pesar de que no entendía cómo.

No se atrevió a levantar la mirada ni a perder la concentración aunque las mejillas se le ruborizaron y el vello de los brazos se le puso de punta, reaccionando sensualmente a una clase de atención que jamás había experimentado antes. De hecho, ni siquiera podía estar segura de que fuera real.

Comenzó a desear que la pieza terminara para poder levantar la mirada y ver quién la estaba observando. ¿Cómo le podía estar eso ocurriendo a ella? Jamás había deseado que una pieza terminara ni había experimentado la atención individual de un espectador durante un concierto.

¿Quién era él?

¿Se lo estaría imaginando? Podría ser que tan sólo lo estuviera deseando. Alguien diferente. Alguien al que llevaba esperando toda su vida.

Por fin, las últimas notas de la pieza resonaron en la sala. Abby levantó la mirada. Lo vio y lo sintió inmediatamente. A pesar de la potente luz de los focos del escenario y del mar de rostros borrosos, sus ojos se dirigieron inmediatamente a los de él como si se vieran atraídos por un imán. Sintió también como si su cuerpo se inclinara irresistiblemente hacia el de él a pesar de que permaneció sentada en el taburete del piano. En los pocos segundos que tuvo para mirar, comprobó que el desconocido tenía el cabello oscuro, rostro anguloso y, sobre todo, unos ojos azules brillantes, intensos. Ardientes.

Notó que los espectadores comenzaban a hojear los programas del concierto y se rebullían en sus asientos. Ella debería haber comenzado su siguiente pieza, una fuga de Bach, pero, en vez de hacerlo, estaba allí sentada, completamente inmóvil.

No tenía el lujo de hacer preguntas ni de buscar respuestas. Respiró profundamente y se obligó a centrarse de nuevo en la música. Cuando empezó a tocar, los presentes se reclinaron de nuevo en sus asientos con un colectivo suspiro de alivio. Sin embargo, Abby seguía pendiente de él y se preguntó si volvería a verlo.

Jean-Luc Toussaint estaba sentado en su butaca, con cada músculo de su cuerpo tenso por la anticipación, por el ansia, por la esperanza. Eran sensaciones que no había experimentado hacía mucho tiempo. Meses, más probablemente años. Sin embargo, cuando Abigail Summers, la pianista de fama mundial, subió al escenario, sintió que la esperanza se apoderaba de él, como si las cenizas de su antiguo ser cobraran vida de un modo que jamás habría creído que volvería a sentir.

Por supuesto, había visto fotografías suyas, pero nada lo había preparado para la imagen que contempló cuando ella subió al escenario: la cabeza alta, el brillante y oscuro cabello peinado con un elegante recogido, el sencillo vestido negro acariciándole suavemente los tobillos al caminar. Nada lo había preparado para la respuesta que aquella imagen provocó en su propia alma, para los sentimientos de esperanza e incluso júbilo que lo asaltaron.

Trató de deshacerse de aquellos sentimientos. Habían pasado seis meses desde la muerte de Suzanne y poco más de seis horas desde que descubrió las cartas de su esposa y se dio cuenta de la verdad sobre su muerte. Se marchó de su castillo y se dirigió a París, evitando su piso y todos los recuerdos de su anterior vida. Se decidió a ir a aquel concierto impulsivamente, cuando vio un anuncio y quiso perderse en algo diferente para no tener que pensar y ni siquiera sentir.

No podía sentir nada. Se sentía vacío, desnudo de todo sentimiento... hasta que Abigail Summers cruzó el escenario. Y cuando comenzó a tocar... Tenía que admitir que la *Appassionata* era una de sus sonatas favoritas. Comprendía perfectamente la frustración de Beethoven, lo inevitable de la discapacidad del compositor y su propia incapacidad para detener su imparable desarrollo. Se sentía así sobre su propia vida, sobre el modo en el que las cosas habían comenzado a caer en picado, fuera de su control y sin que él se diera cuenta siquiera de ello hasta que no fue demasiado tarde.

Abigail Summers le proporcionaba a la pieza una energía y una emoción renovadas a la pieza, tanta que Luc apretó con fuerza los puños y sintió que los ojos le ardían al mirarla, como si quisiera obligarla a que ella levantara la cabeza para mirarlo a él.

Cuando por fin lo hizo, Luc sintió una extraña sensación, como si ya la conociera, lo que era imposible dado que jamás la había visto antes. No obstante, cuando sus miradas se cruzaron, sintió como si algo perdido hacía ya mucho tiempo encontrara por fin su lugar, como si el mundo se hubiera enderezado un poco más, como si él mismo se hubiera enderezado y fuera por fin un hombre completo.

Sintió esperanza.

Era una sensación maravillosa, pero también aterradora. Sentía demasiado, pero ansiaba sentir más. Quería olvidar todo lo que había ocurrido en su vida, los errores que había cometido en los últimos seis años. Quería el olvido, poder perderse en aquella mujer aunque sólo fuera una vez. Aunque no pudiera durar.

Sus miradas se cruzaron y el momento fue mágico. Entonces, cuando la impaciencia se apoderó de los espectadores, ella bajó la mirada y, un instante después, comenzó a tocar.

Luc se reclinó en su asiento y dejó que la música se apoderara de él. Esa única mirada había provocado un profundo apetito en él, un incansable anhelo por unirse a otra persona, a ella, como jamás lo había experimentado con nadie. Sin embargo, junto a este imparable deseo experimentó la ya familiar desesperanza. ¿Cómo podía querer a alguien, desear a alguien, cuando no le quedaba nada, absolutamente nada, para dar?

Abby se sentó sobre el taburete que tenía frente al espejo de su camerino. Exhaló un suspiro y cerró los ojos. El concierto había sido interminable. Durante el intervalo se había paseado de arriba abajo sin descanso, lo que no había beneficiado en nada su interpretación en la segunda parte. Si su padre y representante hubiera estado presente, la habría obligado a tomar un poco de agua, a relajarse y a centrarse. *«Piensa en la música, Abby»*. Siempre la música. Jamás se le había consentido que pensara en otra cosa y, antes de aquella noche, nunca había sabido que quisiera hacerlo.

Al ver a ese hombre, del que desconocía su identidad, algo se había despertado dentro de ella y había experimentado una necesidad desconocida para ella hasta entonces. La necesidad de verlo, de hablar con él, de tocarlo incluso.

Se echó a temblar de deseo y también de miedo. Su padre no estaba allí. Estaba en el hotel con un fuerte resfriado y, por una vez, Abby no quería pensar en la música. Quería pensar en aquel hombre. ¿Iría a verla? ¿Trataría de acercarse a su camerino? Siempre había una docena de admiradores que trataban de conocerla. Algunos enviaban flores e incluso invitaciones. Abby siempre aceptaba los regalos y rehusaba las invitaciones. Aquél era el estricto comportamiento que siempre le había dictado su padre. Insistía en que parte del atractivo de Abby residía en el hecho de que resultara inaccesible al público. Abigail Summers, prodigio del piano.

Abby hizo un gesto de desagrado frente al espejo. Siempre había odiado ese apodo, el nombre que la prensa había acuñado para ella le hacía sentirse como si fuera un caniche amaestrado, o tal vez algo más exótico, algo más distante, tal y como su padre quería siempre.

En aquellos momentos, no sentía deseo alguno de ser distante. Quería ser encontrada. Conocida. Por él.

«Ridículo», pensó. Sólo había sido un instante. Una única mirada. No se había atrevido a volver a mirarlo. No obstante, jamás se había sentido así antes. Jamás se había sentido tan... viva. Quería volver a sentirlo. Quería volver a verlo.

¿Acudiría al camerino?

Alguien llamó ligeramente a la puerta y una de las empleadas de la sala asomó la cabeza.

–*Mademoiselle* Summers, *récevez-vous des visiteurs*?

–Yo...

Abby no supo qué contestar. Se sentía algo mareada. ¿Recibía visitas? La respuesta, por supuesto, era que no. Siempre no.

–¿Hay muchos? –le preguntó ella por fin en un francés impecable.

La mujer se encogió de hombros.

–Unos cuantos. Una docena aproximadamente. Quieren su autógrafo.

Abby sintió una ligera desilusión. Intuía que aquel hombre no querría su autógrafo. No era un admirador. Era... ¿Qué era? «Nada», insistió ella.

–Entiendo –dijo. Tragó saliva–. Está bien. Puede hacerlos pasar.

El señor Duprès, el director de la sala, apareció en el umbral con un gesto de desaprobación en el rostro.

–Tenía entendido que *mademoiselle* Summers no aceptaba visitas.

–Creo que sé perfectamente si acepto visitas o no –replicó ella fríamente. No obstante, tenías las palmas de las manos húmedas y el corazón muy acelerado. Normalmente, no cuestionaba a los empleados ni tenía que hablar con nadie. De eso se ocupaba su padre. Ella simplemente tocaba, lo que le había bastado hasta aquel momento.

–Hágalos entrar –añadió mirando al hombre a los ojos.

–No creo que...

–He dicho que los haga entrar.

–Muy bien –dijo el hombre antes de marcharse.

Abby se atusó el cabello con las manos y se miró el vestido. En el espejo, el vestido de seda negra le hacía parecer muy pálida, casi como un fantasma de enormes y luminosos ojos grises.

Cuando alguien llamó a la puerta, se dio la vuelta y sonrió aunque el alma se le cayó a los pies. No era él. No era ninguna de las personas que quería su autógrafo. Tan sólo se trataba de un puñado de mujeres de mediana edad acompañadas de sus esposos que no dejaban de sonreír ni de charlar mientras le entregaban los programas para que se los firmara.

¿Qué había esperado? ¿Que él iría a buscarla a su camerino con un zapato de cristal en la mano? ¿Acaso creía que estaba viviendo un cuento de hadas?

De repente, todo le pareció ridículo. Probablemente, se había imaginado todo lo ocurrido. Las luces del escenario eran habitualmente tan brillantes que no hubiera podido distinguir ninguno de los rostros de los espectadores.

Se sintió avergonzada y humillada. Cuando sus admiradores se marcharon por fin, acompañados por un enfadado *monsieur* Duprès, Abby se quedó sola. Verdaderamente sola.

Apartó aquel pensamiento. No estaba sola. Tenía una vida plena y muy ocupada como una de las pianistas de concierto más requeridas del todo el mundo. Hablaba perfectamente tres idiomas, había visitado prácticamente toda las ciudades importantes del mundo y tenía montones de admiradores que la adoraban. ¿Cómo podía estar sola?

–Y, sin embargo, lo estoy –dijo en voz alta.

De mala gana, se puso el abrigo. ¿Qué iba a hacer? ¿Tomar un taxi para regresar al hotel y tomarse un vaso de leche mientras repasaba los acontecimientos de la noche con su padre y luego irse a la cama como la buena chica que era?

No quería seguir el guión que marcaba su vida desde hacía muchos años. Ver a aquel hombre, fuera quien fuera, había despertado en ella la necesidad de experimentar, de ser y de saber más. De vivir la vida.

Aunque sólo fuera por una noche.

Suspiró y trató de deshacerse de sus sentimientos.

¿Qué podía hacer? Tenía veinticuatro años, estaba sola en París y tenía toda la noche esperándola, pero no sabía qué hacer ni cómo apagar su sed de experiencias, de conocimientos.

Monsieur Duprès volvió a llamar a la puerta del camerino.

—¿Quiere que el portero de noche le pida un taxi?

Abby estaba a punto de aceptar cuando, sin saber por qué, negó con la cabeza.

—No, gracias, *monsieur* Duprès. Hace una noche preciosa. Iré andando.

—*Mademoiselle*, está lloviendo —replicó el gerente frunciendo el ceño.

—No importa —insistió ella—. Iré andando.

El señor Duprès se encogió de hombres y se marchó. Abby agarró el bolso y salió del camerino para dirigirse a la fría y húmeda noche.

Estaba completamente sola en la desierta *rue du* Faubourg St. Honoré. La acera estaba completamente húmeda por la lluvia. Miró a su alrededor y se preguntó qué hacer. Su hotel estaba a una corta distancia de allí. Suponía que podía ir andando, pero ansiaba experimentar la vida. Echó a andar sintiéndose más sola que nunca. Una mujer elegantemente vestida salió del luminoso vestíbulo de un elegante hotel. Abby se detuvo para mirar el interior y vio un enorme recibidor de mármol y una imponente araña de cristal colgada del techo. Entonces, sin pensar en lo que estaba haciendo, se dirigió a la puerta y entró. A pesar de que había estado en hoteles como aquél en muchas ocasiones, no supo qué hacer. Era diferente porque, en aquel momento, se encontraba sola. Nadie sabía quién era y podía hacer lo que quisiera. La cuestión era qué quería hacer.

–*Mademoiselle...* –le dijo un botones.

–Estoy buscando el bar.

El hombre asintió y le indicó una sala que había hacia la derecha. Abby le dio las gracias y se dirigió hacia allí. Se sentó en un taburete y esperó a que el camarero, que estaba elegantemente vestido de esmoquin, le preguntara qué quería tomar.

En otras ocasiones había pedido un vino blanco o champán. Algunas veces, había probado un cóctel del que no recordaba el nombre, pero en aquella ocasión quería algo diferente.

–Tomaré... Tomaré un martini –dijo.

–¿Solo o con hielo?

–Solo –contestó sin saber por qué, dado que le daba la sensación de que aquella bebida ni siquiera iba a gustarle–. Con una aceituna.

Le parecía que aquella bebida venía con una aceituna. Al menos, si no le gustaba, tendría algo para comer.

El camarero se apartó. Abby examinó el bar. Sólo había otra persona sentada allí. Estaba al otro lado de la barra. Antes de que el desconocido levantara la cabeza o se diera cuenta de su presencia, Abby lo supo.

Era él.

Capítulo 2

SINTIÓ que era él con un escalofrío eléctrico que le recorrió todo el cuerpo. Todos sus nervios y sus músculos se pusieron en estado de alerta y el corazón le empezó a latir con fuerza. Él estaba sentado en el último taburete, con un vaso de whisky delante de él y la cabeza inclinada hacia la barra.

De repente, se incorporó y Abby sintió que se le hacía un nudo en la garganta cuando el desconocido cruzó su mirada con la de ella. Durante un largo instante, ninguno de los dos pronunció palabra alguna. Sencillamente se miraron. La mirada fue mucho más larga de lo apropiado para dos desconocidos en un bar. A pesar de todo, Abby no apartó los ojos. Se sintió como si el tiempo se hubiera detenido.

–Es usted incluso más encantadora en persona –dijo él por fin, con un ligero acento francés.

Abby experimentó una deliciosa sensación al darse cuenta de que, además de reconocerla, la estaba apreciando como mujer en vez de cómo pianista.

–Veo que me recuerda –susurró, con voz temblorosa. Sin poder evitarlo, se ruborizó.

–Por supuesto que la recuerdo –replicó él con una suave sonrisa en los labios. Por el contrario, sus ojos azules revelaban una profunda intensidad, la misma que ella había visto en la sala de conciertos–. Y ahora sé que usted también me recuerda a mí.

Abby se sonrojó aún más y apartó la mirada. El camarero ya le había servido su martini, por lo que utilizó la bebida como distracción y dio un trago demasiado grande. Se atragantó y contuvo el aliento al sentir cómo el alcohol le bajaba hasta el estómago. Entonces, dejó el vaso sobre la barra de un golpe.

El desconocido se acercó a ella y tomó asiento sobre el taburete que estaba junto al suyo. Abby sintió el calor que emanaba de su esbelto cuerpo e inhaló el masculino y sensual aroma de su colonia. Entonces, se atragantó un poco más.

–¿Se encuentra bien? –murmuró muy solícito.

–Sí... es que se me ha ido por otro lado.

–Suele ocurrir –murmuró él, aunque Abby sabía que no le había engañado.

Decidió sincerarse con él.

–En realidad, nunca antes había probado un martini –dijo volviéndose para mirarlo–. No tenía ni idea de que fuera tan... fuerte.

Como lo tenía tan cerca, aprovechó la oportunidad para mirarlo. Medía casi un metro noventa de estatura, lo que hacía que Abby resultara menuda a pesar de su metro setenta. Tenía el cabello oscuro, aunque las sienes habían comenzado a teñírsele de gris, y no demasiado corto. Su rostro era de una belleza austera, con angulosos pómulos, fieros ojos azules y una fuerte mandíbula. Tenía una expresión de fuerza, pero también de sufrimiento. Parecía un hombre marcado por las experiencias de la vida. Tal vez incluso por la tragedia.

–¿Por qué pidió un martini?

–Quería pedir lo que yo consideraba que era una bebida sofisticada –admitió ella–. ¿No le parece ridículo?

Él inclinó la cabeza y sonrió de nuevo, revelando un hoyuelo en una mejilla. Entonces, la miró de la cabeza a los pies.

–Por supuesto que sí, considerando lo sofisticada que es usted ya.

–Veo que le gusta halagar a una mujer, *monsieur*...

–Luc.

–¿*Monsieur* Luc?

–Sólo Luc. Y sé quién eres tú. Abigail.

–Abby.

Luc sonrió de nuevo. Abby experimentó una calidez que jamás había sentido antes y que le hacía sentirse relajada, presa de una somnolienta languidez a pesar de la velocidad a la que le latía el corazón. De repente, sintió que creía en los cuentos de hadas. Aquello estaba ocurriendo de verdad. Era real. Lo había encontrado, allí, en aquel bar, y él la había hallado a ella.

–Abby... Por supuesto. Bien –dijo, señalando ligeramente la copa de martini–. ¿Qué te parece?

–Creo que prefiero el champán.

–En ese caso, champán tendrás –afirmó. Entonces, con un ligero gesto, hizo que el camarero se acercara corriendo a su lado. Le dijo algo rápidamente en francés y el camarero no tardó en sacar una polvorienta botella de lo que seguramente era un carísimo champán y dos delicadas copas–. ¿Quieres compartir una copa conmigo?

Abby jamás había tenido un encuentro así. Tan sólo había disfrutado de conversaciones cuidadosamente orquestadas y firmas de autógrafos organizadas por su padre. Esto siempre había conseguido que Abby se sintiera como una exótica criatura a la que sólo se podía observar, admirar y ver en la distancia. «Me he sentido enjaulada toda mi vida. Hasta ahora». Por fin se sentía libre.

–Sí –dijo.

Luc la condujo a una mesa. Abby tomó asiento en una cómoda butaca y observó cómo el camarero abría la botella y servía dos copas de burbujeante champán.

–Por las sorpresas inesperadas –dijo Luc levantando la copa.

–¿Acaso no lo son todas?

–Así es –afirmó él. Entonces, dio un sorbo de su copa.

Abby bebió también y dejó que el champán se le deslizara por la garganta y le recorriera todo el cuerpo. Las burbujas parecieron recorrerle alocadamente todo el cuerpo mientras ella trataba de encontrar desesperadamente algo que decir. Había tocado en salas de casi todas las capitales europeas y se defendía bien en aeropuertos, taxis y hoteles pero, en presencia de Luc, se sentía torpe, tímida e insegura.

Él se tomó el resto de su copa de champán y la miró de nuevo.

–No esperaba volver a verte, pero el destino te ha traído aquí.

–En realidad, no sé por qué vine aquí. Normalmente tomo un taxi para irme directamente a mi hotel después de un concierto.

–Pero esta noche no lo has hecho.

–No.

–¿Por qué no?

–Porque...

¿Cómo podía explicarle que el instante en el que lo

vio en el concierto la había cambiado, le había hecho desear y sentir cosas que jamás había experimentado antes? ¿Que aquella mirada le había hecho sentir un anhelo que no sabía cómo podría satisfacer?

–Porque me sentía inquieta.

Luc asintió y Abby presintió que él había comprendido todo lo que ella ni siquiera había dicho.

–Cuando te vi –susurró haciendo rotar la copa de champán entre los dedos–, sentí algo que no había experimentado en mucho tiempo.

Abby contuvo el aliento.

–¿Qué? ¿Qué sentiste?

–Esperanza –dijo. Entonces, levantó la mano para apartarle un mechón del rostro de Abby–. ¿Acaso no sentiste tú lo mismo, Abby, cuando estabas sentada al piano y me viste? Yo nunca... Fue como una corriente. Eléctrica y mágica.

–Sí.... Yo también lo sentí.

–Me alegro. Sería muy triste si sólo uno de los dos lo hubiera sentido –comentó. Volvió a tomar la botella para llenar las dos copas aunque Abby casi no había bebido nada de la suya–. ¿Te has quedado contenta con tu actuación de esta noche?

–No lo sé. No recuerdo mucho.

–Yo tampoco –admitió Luc con una suave carcajada–. Tengo que serte sincero. Cuando saliste al escenario y te vi, todo quedó en un segundo plano. Sencillamente, anhelaba el momento en el que por fin pudiera hablar contigo, aunque tengo que admitir que jamás pensé que tuviera posibilidad alguna.

–¿Por qué no...?

Abby se interrumpió antes de realizar una pregunta que habría resultado de lo más reveladora.

–¿Quieres saber por qué no fui a verte después de la representación?

–Sí –susurró ella.

Luc permaneció un instante observando su copa antes de levantar la cabeza y dedicarle una mirada directa que pareció llegarle al alma.

–No me pareció que debiera hacerlo. Ahora, me gustaría que hablaras de ti.

–Estoy segura de que habrás leído mi biografía en el programa –dijo ella.

–Eso podría darme hechos, pero ciertamente no la esencia de quien eres tú.

–No estoy segura de saber cuál es la esencia de quien soy yo.

–En ese caso, hablemos de otras cosas –dijo. Una vez más hizo un gesto al camarero, que se apresuró a acercarse–. ¿Has cenado? No es aconsejable tomar champán con el estómago vacío.

–No, no he cenado –confesó ella. Entonces, tomó el menú que le ofrecía el camarero y lo abrió.

Luc abrió el suyo y pidió rápidamente.

–¿Te parece bien? –le preguntó mientras devolvía el menú–. No quiero que nos tengamos que preocupar por detalles tales como qué comida vamos a pedir.

Abby asintió levemente, aunque le había parecido que Luc pedía *escargots* y éstos no le gustaban demasiado. Pero decidió que no importaba.

–Está bien –dijo Luc–, ahora, cuéntame algo. Dime cuál es tu color favorito o si te dan miedo las arañas o las serpientes. ¿Tuviste perro de niña? ¿O tal vez fue un gato? ¿O un pez?

–Las dos y ninguno –comentó Abby mientras tomaba su copa.

–¿Cómo dices?

–No tuve mascotas y me dan miedo las arañas y las serpientes. Al menos, no me gustan mucho. No he tenido mucha experiencia al respecto.

–Supongo que eso es bueno.

–En realidad, jamás lo he pensado –dijo Abby tras tomar un sorbo de champán–. ¿Y tú?

–¿Quieres saber si me dan miedo las serpientes y las arañas?

–No. Yo elegiré preguntas diferentes...

¿Qué quería saber sobre él? «Todo». La palabra se le ocurrió casi sin pensarlo. Quería conocerlo completamente. Dormirse y despertarse a su lado.

–¿Roncas? –le preguntó sin pensar. Entonces, se sonrojó.

–¿Que si ronco, dices? –replicó él, fingiendo estar escandalizado–. Menuda pregunta. ¿Y cómo voy a saberlo yo? Bueno, al menos nadie me ha dicho que ronque.

–Ah. Mmm... Bien.

No hacía más que juguetear con la servilleta, sonrojándose y deseando no hacerlo. Seguía atónita cuando sintió la mano de Luc sobre la de ella. Resultaba cálida y pesada.

–Abby, estás nerviosa...

–Sí –admitió ella–. No estoy... acostumbrada a... No suelo aceptar invitaciones de desconocidos.

–Probablemente sea lo mejor –replicó Luc–, pero te prometo que, conmigo, estás a salvo.

–Lo sé.

Otro camarero se acercó silenciosamente con una bandeja y les sirvió la comida sin decir palabra, como si quisiera mantener el aura de completa intimidad que habían estado disfrutando hasta entonces. Cuando se marchó, Luc indicó los platos que contenían un delicado abanico de espárragos colocado entre finísimas lonchas de ternera.

–¿Te gusta?

–Tiene un aspecto delicioso –dijo Abby. Tomó su tenedor y comenzó a juguetear con un trozo de espárrago–. ¿Te sorprendió verme aquí?

–Fuiste como una aparición y, sin embargo, al mismo tiempo, fue como si supiera que ibas a venir. No lo comprendí hasta que te vi.

–Así fue como yo me sentí también –susurró Abby. Luc sonrió.

–Tal vez algunas cosas están destinadas a ocurrir.

–Sí –afirmó Abby–. Casi no me pareció real.

–Nada bueno lo parece nunca –replicó Luc.

Abby lo contempló extrañada. Era una afirmación muy cínica, una creencia nacida del sufrimiento. Se preguntó qué sería lo que le había ocurrido a Luc para hacerle decir y creer algo así.

–Entonces, sé que no roncas –dijo ella para aliviar la tensión del momento–, pero no sé mucho más. Evidentemente, eres francés.

–Sí.

–Pero hablas inglés casi perfectamente.

–Como tú el francés.

Ella aceptó el cumplido con una leve inclinación de cabeza.

–Y jamás me habías oído tocar.

–No. Eres una magnífica detective.

–¿Vives en París?

–No.

–Y eres rico.

Luc se encogió de hombros.

–Tengo suficiente. Como tú, supongo.

Abby asintió lentamente. Sí, tenía bastante dinero. Su padre lo controlaba todo. Llevaba haciéndolo desde que ella comenzó a tocar profesionalmente a la edad de diecisiete años. No tenía ni idea de cuánto dinero tenía ni de en qué clase de cuentas se guardaba. Su padre le daba dinero para sus gastos y eso le había bastado siempre. Jamás había necesitado mucho. Le gustaba visitar museos, tomarse capuchinos en los cafés y comprar libros. Una estilista se ocupaba de comprarle la ropa y se encargaba de su cabello, sus uñas y su maquillaje. Comía en restaurantes y hoteles. No necesitaba mucho, pero este hecho, en aquel instante, le hizo sentirse de repente muy triste.

–Pareces pensativa –murmuró Luc–. No quería entristecerte.

–Y no lo has hecho –replicó Abby rápidamente–. Simplemente estaba... pensando.

Sonrió. Quería apartar la atención de sí misma y de todo lo que estaba descubriendo sobre su vida. Había sido feliz, o al menos había estado contenta, hasta aquella noche... ¿no? Sin embargo, en presencia de Luc era más feliz y se sentía más viva de lo que se había sentido nunca. Este hecho le había hecho darse cuenta de las deficiencias de su vida, de cómo antes su vida había sido una simple existencia, simplemente un periodo de espera de aquel momento. De Luc.

–No eres de París. Entonces, ¿de dónde eres?

–Del sur. Del Languedoc –dijo, tras una pausa. A Abby le dio la sensación de que no quería contárselo.

–Jamás he estado allí.

–No tiene salas de conciertos –comentó él con una sonrisa.

Efectivamente, la vida de Abby se había visto definida por las salas de conciertos. París, Londres, Berlín, Praga, Milán, Madrid... Había visto tantas ciudades, tantas hermosas salas de conciertos, tantas habitaciones de hotel... El Languedoc. Se preguntó si Luc tendría una casa o tal vez incluso un castillo. Por alguna razón, se imaginaba una pintoresca granja con viejas paredes de piedra y contraventanas pintadas de un color brillante situada entre ondulantes campos de lavanda. Un hogar. Se echó a reír sacudiendo la cabeza. Sí que se estaba dejando llevar por la imaginación.

–¿Te gusta vivir allí?

–Me gustaba –respondió él, con una tensión que no pasó desapercibida para Abby. Entonces, se encogió de hombros y sonrió–. Ya basta de hablar de mí. Quiero conocerte.

Abby sonrió. Sentía vergüenza y le parecía que ninguno de los dos quería hablar sobre sí mismo.

–Tú dirás.

–He leído en tu biografía que la *Appassionata* es una de las piezas que más te gusta tocar. ¿Por qué?

–Porque es hermosa y triste al mismo tiempo –respondió ella, algo sorprendida por la pregunta.

–¿Y eso te gusta?

–Es... Me he sentido así en ocasiones –confesó. De repente, se dio cuenta de que no le había gustado revelar eso sobre sí misma. De hecho, era algo que ni siquiera había reconocido ante sí misma. Adoraba la música, le encantaba tocar el piano y, sin embargo, su vida no había sido tal y como la hubiera deseado. Sentía que le faltaba algo, una parte integral de su vida, de sí misma, que todos los demás sí habían disfrutado. ¿Esperaba acaso encontrarla allí, junto a ese hombre?–. ¿Por qué me lo preguntas?

–Es una de mis piezas y precisamente lo es por la razón que tú has mencionado. Hermosa y triste.

Abby soltó una carcajada nerviosa.

–¡Los dos sonamos tan deprimentes! En todo caso, me encanta tocarla.

El camarero regresó para llevarse los platos y volvió a desaparecer tan silenciosamente como un gato. Abby estaba segura de que debía de ser casi medianoche. Su padre, si estaba despierto, estaría esperándola. ¿La esperaría levantado? Tal vez, como tenía un resfriado, se habría quedado dormido. No estaría preocupado por ella porque, durante siete años, su rutina había sido siempre la misma. Tocar el piano y regresar al hotel, primero con un chófer privado y luego en taxi.

¿Cómo terminaría aquella noche? ¿Cuándo? Este pensamiento hizo que temblaran los costados de excitación y preocupación. No quería que la noche terminara. Era un momento robado y quería saborearlo. Quería que durara para siempre.

–¿En qué estás pensando? –le preguntó Luc–. ¿Estás pensando en que se nos está acabando el tiempo? ¿En que sólo nos quedan unas pocas horas?

–¿Cómo lo has...?

–Porque yo estoy pensando lo mismo –confirmó, con una triste sonrisa–. Tal vez no estamos destinados para tener más.

–¡No! No quiero que esta noche termine.

–Yo tampoco... Y no terminará. Nos quedan cuatro platos más. Y, después de todo, estamos en Francia.

Abby sonrió aunque no estaba del todo segura de

que Luc hubiera estado hablando de comida. Sintió una deliciosa tensión que la llenó de anticipación y deseo.

Luc sonrió. En aquel momento, el camarero les llevó el siguiente planto, una tarrina de verduras y hierbas que era tan ligera como el aire.

La velada se convirtió en una agradable combinación de vino, comida y fácil conversación. Resultaba sorprendentemente fácil hablar con Luc. Incluso se atrevió a probar los *escargots*, aunque arrugó la nariz.

−Son caracoles −dijo−. Jamás he conseguido probarlos.

−Si pudieras hacer algo −comentó Luc mientras el camarero se llevaba silenciosamente el tercer plato−, ¿qué sería?

−Volar una cometa −dijo ella, para sorpresa de Luc−, o aprender a cocinar.

−¿Volar una cometa? ¿De verdad?

Abby se encogió de hombros. De repente fue consciente de lo infantil que había sonado su deseo.

−Cuando era niña, siempre los veía volando cometas en Hampstead Heath.

−¿Los veías?

−A otros niños.

−¿Y jamás volaste una cometa?

−Siempre iba de camino a mis clases de piano. Estaba demasiado ocupada −explicó Abby. El camarero regresó con el postre. Abby agradeció la interrupción. No había tenido intención alguna de revelar tanto sobre sí misma−. Y cocinar porque es tan delicioso y jamás he aprendido a cocinar nada bien. ¿Y tú? −preguntó mientras tomaba una cucharada de la deliciosa mousse de chocolate−. Si pudieras hacer algo diferente, ¿qué sería?

–Volver atrás en el tiempo –afirmó Luc, con voz triste. Entonces, sonrió y tomó también una cucharada del rico postre–. Para que esta velada contigo volviera a empezar.

Abby sonrió aunque no creyó que Luc se hubiera referido a eso cuando se refirió a su deseo. El camarero regresó a los pocos minutos para llevarse el postre y servirles el café en pequeñas tazas de porcelana y unos *petit fours* en la mesa.

Abby pensó que la velada estaba a punto de terminar. Ella se marcharía a los pocos minutos y se dirigiría a su hotel, mucho más modesto que aquél, en un taxi. Allí, trataría de evitar las miradas especulativas del botones y del recepcionista, rezando para que no le dijeran a su padre:

–*Mademoiselle est revenue trop tard...*

Entonces, seguramente comenzaría a olvidarse de que aquella velada había existido y Luc sólo sería un recuerdo lejano. Un sueño.

O si... Decidió que la velada no tenía por qué terminar en el bar. Podrían ir a otra parte. A algún lugar más privado.

Un dormitorio.

Estaban en un hotel. ¿Se alojaba Luc allí? ¿Tendría una habitación? Aquellas preguntas, y sus posibles repuestas, la dejaron sin palabras. ¿Acaso estaba ella, una mujer a la que prácticamente no habían besado, contemplando de verdad pasar una noche con aquel hombre? ¿Una aventura?

Se consoló diciéndose que no sería algo tan sórdido dado que se conocían. Eran prácticamente almas gemelas. Entonces, Luc le tocó la mano.

–Abby, ¿en qué estás pensando?

–En que no quiero irme a casa –soltó Abby, sin pensarlo. Sintió que se sonrojaba, pero no le importó–. Quiero quedarme aquí contigo.

Luc frunció el ceño.

–Es tarde. Deberías marcharte.

Ella extendió la mano y le agarró la muñeca. Instintivamente, le encontró el pulso con el pulgar.

–No.

–Es mejor –insistió él–. Yo...

–¿Hay alguna razón por la que no podamos estar... juntos? –le preguntó en voz baja mientras evitaba mirarlo a los ojos–. ¿No estarás... casado?

Sintió que los dedos de Luc se tensaban.

–No. No estoy casado.

–¿Acaso estás saliendo con alguien?

–No. No hay nadie.

–Bien –dijo Abby. Respiró profundamente, reunió todo el valor que pudo y lo miró a los ojos. Le ofreció una sonrisa. Se ofreció a sí misma–. Estoy yo.

Capítulo 3

LUC VIO que estaba muy nerviosa y sintió que el arrepentimiento se apoderaba de él. Éste lo golpeó con una fuerza que ya había sentido en demasiadas ocasiones. No debía haber permitido que llegara tan lejos, pero se había sentido tan sorprendido, tan alegre por su presencia en el bar que no había podido resistirse. Había sido el destino, un regalo. La providencia. Y, en aquel momento, ella se le estaba ofreciendo. Era el mejor regalo de todos.

Se lo podía imaginar tan fácilmente... Lo deseaba tanto... Se imaginó entrelazando los dedos con los de ella, ayudándola para que se levantara del asiento y llevándosela a un dormitorio de las plantas de arriba. La suite real. No le daría nada menos. Se la imaginó entrando en la habitación, tan hermosa y elegante y se vio a sí mismo deslizándole los tirantes de los hombros y dándole un beso sobre el punto en el que el pulso le palpitaba alocadamente en la garganta. Estaba ardiendo de deseo, de necesidad, de la necesidad de perderse en una mujer, en aquella mujer, durante un instante, durante una noche. No podría haber más. Él no tenía nada que ofrecerle. Su corazón era tan inerte como el de una piedra... aunque parecía volver a la vida cada vez que veía a Abby. No obstante, sabía que la noche debía terminar allí, en aquel mismo instante... Por el bien de Abby.

–Abby...

Trató de sonreír, pero el gesto le dolía. No quería dejarla escapar. Ella era la primera cosa buena que le ocurría desde hacía mucho tiempo y no podía dejarla escapar.

Abby sonrió y se preparó para el rechazo.

–¿Sabes lo que estás diciendo?

–Por supuesto que sí. De otro modo no lo habría dicho.

–Eres una mujer muy hermosa –dijo él observando las manos de ambos entrelazadas–, pero...

–¿Pero?

–No quiero hacerte daño.

–No me lo harás –dijo ella, sin estar muy segura de ello.

De repente, Luc suspiró. Sacudió lentamente la cabeza. Abby esperó, conteniendo la respiración esperanzada. Se puso de pie. Entonces, tiró de ella y la hizo levantarse.

–¿Dónde vas? –le preguntó ella.

–La pregunta es, más bien, adónde vamos.

Abby dejó que él la sacara del bar. Al llegar al vestíbulo, Luc tuvo una rápida conversación con el recepcionista y, un segundo más tarde, la acompañó hasta un ascensor. Abby sintió que se le hacía un nudo en la garganta. Casi no se podía creer que aquello estuviera ocurriendo, que ella misma estuviera permitiendo que ocurriera, que, de hecho, lo hubiera pedido. Casi no conocía a Luc y, sin embargo...

Le parecía que lo conocía más de lo que había conocido nunca a ninguna otra persona. No podía alejarse de él, aunque lo intentara. No tenía elección. Su deseo y su necesidad eran demasiado grandes.

Entraron en el ascensor y Luc apretó el botón del último piso, el de la suite del ático. No hablaron mientras estuvieron en el ascensor. Ella lo miró de reojo y comprobó lo tranquilo que parecía. Decidido. Resuelto.

El ascensor se detuvo y las puertas se abrieron directamente al interior de la suite, que ocupaba la totalidad de la planta.

–Vamos –dijo Luc.

Abby lo siguió al interior del suntuoso salón. De repente, se sintió muy tímida, insegura a pesar de su descaro anterior.

Luc había dejado la llave que le había dado el recepcionista sobre una mesa y se había quitado la chaqueta. Los músculos de la espalda y los hombros se encogían y tensaban bajo la tela de la camisa. Al comprobar una vez más lo hermoso que era y el misterio que emanaba de aquel maravilloso cuerpo, Abby se echó a temblar.

–¿Qué te ocurre?

–Yo... –susurró ella. Entonces, se lamió los labios–. No estoy segura...

Luc frunció el ceño y se dirigió hacia ella. Le colocó las manos sobre los hombros.

–Abby, ¿tienes miedo?

–No... exactamente. No tengo miedo de ti –explicó–, sino más bien de la situación. En realidad, no es que tenga miedo. Simplemente... es que no sé lo que hacer. Sé lo que dije, pero...

Luc soltó las manos de los hombros y dejó que se deslizaran por los brazos desnudos. Entonces, volvió a tomarle las manos.

–Si quieres, podemos sentarnos a charlar –le dijo él suavemente–. Me gusta hablar contigo.

–A mí también –admitió Abby–. Debes de pensar que soy una tonta...

–Por supuesto que no.

–¿De verdad? Si yo me escucho a mí misma, a mí me parece que lo soy...

–Aquí no hay guión alguno.

–No, no lo hay, pero seguramente se esperan ciertas cosas...

–Abby, te prometo que no tengo expectativa alguna. Me quedé asombrado al verte en el bar y aún lo estoy más por verte aquí.

Se sentaron en el sofá. Abby se quitó los zapatos y se escondió los pies desnudos bajo los pliegues del vestido.

–Te aseguro que no me pareces tonta en absoluto. Yo más bien hubiera dicho «refrescante».

–¿No es ésa una manera más agradable de decir que alguien es diferente?

–Ser diferente es bueno.

–Diferente significa diferente –insistió Abby–. Anormal. Raro.

Luc extendió la mano para tocarle el tobillo a través de los pliegues del vestido. Fue una caricia distraída. Sus largos y esbeltos dedos le acariciaron los delicados huesos sin que él dejara de mirarla.

–¿Es así como te has sentido?

–A veces. El piano ha sido prácticamente mi vida desde que tenía cinco años. Sobresalí entre todos lo niños.

–¿En el colegio?

–En realidad no. Me dieron clases en casa desde que tenía ocho años para que pudiera dedicar más tiempo a la música.

–¿Y esos chicos de Hampstead Heath? ¿Fueron ellos?

–Sí...

Abby se sorprendió mirándole la pierna, como si le fascinara por completo. Quería tocarlo. Ansiaba sentir el firme músculo que había bajo la tela del pantalón, deslizar la mano sobre la cálida piel y...

¿Qué estaba pensando? ¿Sintiendo? Fuera lo que fuera, se abrió paso por todo su cuerpo y la dejó sin aliento. Entonces, la mano se levantó como si tuviera vida propia. Miró el rostro de Luc y vio que él le estaba sonriendo. Luc levantó también la mano y comenzó a acariciar la mejilla de Abby. Ella se echó a temblar y se inclinó hacia él para sentir mejor sus caricias.

De pronto, vio que Luc dudaba, pero cerró los ojos para no permitir que nada dejara que aquel momento finalizara. Quería que siguiera para siempre, que se estirara para poder saborear cada precioso segundo.

–Abby...

Pronunció su nombre casi como si fuera una súplica, un susurro. La única respuesta de ella fue girar la cabeza para poder rozar la palma con los labios. Actuó guiada por el instinto, por la necesidad, sabiendo que aquél era un territorio peligroso, desconocido para ella, pero también excitante y maravilloso. ¿Cómo podía sentir tanto después de haber sentido tan poco casi toda su vida?

Luc se inclinó hacia ella y la besó delicadamente. Abby contuvo el aliento al experimentar el contacto. Tenía veinticuatro años y jamás la habían besado antes, al menos no de aquella manera. La sensación era maravillosa, pero quería más. Se sorprendió profundizando el beso. No tenía experiencia alguna en el amor, pero el deseo era el mejor maestro y la empujaba a abrir la boca, a tocar suavemente la lengua de Luc con la suya. Entonces, él comenzó su propia exploración. Abby sintió que el mundo empezaba a dar vueltas a su alrededor y el corazón se le desbocó como jamás lo había hecho antes.

Sintió que Luc contenía también la respiración y experimentó una profunda excitación al pensar que tal vez él se sintiera tan afectado por el beso como ella. Le agarró con fuerza la pechera de la camisa y se la desabrochó. A continuación, extendió las palmas por los músculos del pecho. Luc le deslizó la boca por la mandíbula y luego bajó un poco más la cabeza para poder besarle la suave curva del cuello. Siguió bajando hasta la clavícula y luego más abajo, hasta llegar a la suave curva de los pechos bajo el escote del vestido...

Abby contuvo el aliento. Jamás la habían tocado tanto ni había deseado tanto. Empujada por el instinto, se arqueó para poder recibir mejor los besos y facilitarle el acceso. La cabeza le daba vueltas, pero su cuerpo se sentía tan vivo...

De repente, se terminó todo.

Luc levantó la cabeza. Abby sintió que la piel se le quedaba fría. Uno de los tirantes del vestido se le había deslizado del hombro. Con una triste sonrisa, Luc volvió a colocárselo sobre su sitio.

—Deberías irte a casa, Abby.

—Pero... ¿por qué? —preguntó ella, con una desilusión que jamás hubiera creído posible.

—Porque no quiero aprovecharme de ti. Eres joven e inocente y deberías permanecer así.

—Te aseguro que no soy ninguna muñeca de porcelana que deba permanecer protegida en una estantería.

—Yo no he...

—Así es como me ve todo el mundo. Como me trata

todo el mundo –susurró Abby. Estaba a punto de llorar–. Sólo soy alguien a quien se debe admirar, pero no tocar. Si yo te digo que sí, no te estás aprovechando de mí...

–¿Sabes al menos a lo que estás diciendo que sí?

–Te aseguro que no soy tan inocente –replicó ella, con una carcajada.

–Si no te deseara tanto –dijo Luc mientras le apartaba un mechón de cabello del rostro.

–Quiero que me desees. Tú. Sólo tú. Yo jamás... No me pidas que me vaya a casa. Deja que me quede.

Los ojos de Luc se oscurecieron y su boca se tensó.

–Soy un hombre egoísta por tenerte aquí, pero que Dios me ayude. Lo haré. No quiero dejarte escapar. Ahora no. Todavía no. No puedo...

–En ese caso, no lo hagas.

En silencio, Luc la tomó de la mano y la condujo hacia el dormitorio, con su enorme y suntuosa cama. Ella permaneció muy recta y muy quieta mientras que él le deslizaba el vestido de los hombros y lo dejaba caer al suelo, a los pies de Abby. Con un gesto casi reverente, le quitó la ropa interior. Abby gozó con el contacto y por el hecho de que no se sintiera ni nerviosa ni avergonzada. ¿Cómo podía sentirse avergonzada por alguien que la miraba como si fuera una diosa, como si fuera un exquisito y valioso tesoro? Le tocaba del mismo modo, deslizándole los dedos por la piel. Cuando Abby estuvo completamente desnuda, la llevó a la cama y la tumbó sobre las frías sábanas. Sólo se sintió algo tímida cuando él comenzó a desnudarse. Observó cómo se quitaba metódicamente las prendas, para dejar al descubierto un cuerpo de bronceada piel y de tensos músculos. Ya desnudo, se tumbó al lado de Abby y comenzó a acariciarle suavemente el ombligo. Ella se echó a temblar.

—¿Tienes frío?

—No.

—Te prometo que haré todo lo posible por no hacerte daño...

—No te preocupes. No me harás daño.

Y así fue. Las sensaciones fueron maravillosas, deliciosas y exquisitas. Cuando él le permitió que lo tocara, Abby se transformó en una mujer osada, acariciándolo y saboreándolo. Ya no hablaron más, pero la falta de palabras no molestó a Abby. ¿Qué necesidad había de hablar cuando sus cuerpos se comunicaban tan perfectamente, gozando tan perfectamente con tan sensual y silenciosa armonía?

Entonces, se detuvo. Luc se apartó y dejó a Abby a la deriva, con los brazos vacíos y deseosos.

—Luc...

—No tengo preservativo —dijo él, ya sentado al borde de la cama, de espaldas a ella—. Pensar que he estado tan cerca de...

El cuerpo de Abby palpitaba y vibraba de un deseo insatisfecho. Se movía inquieta sobre las sábanas, necesitando más aunque no sabía exactamente qué era lo que necesitaba.

—¿No vas a...?

—Regresaré dentro de un momento —dijo. Le dedicó una ligera sonrisa mientras se vestía—. Necesitamos preservativos, Abby. No voy a jugar a la ruleta con tu vida. Tú no tienes preservativos, ¿verdad? Ni estás tomando la píldora.

Abby negó con la cabeza. Ni siquiera se había parado

a pensar en los anticonceptivos ni en las consecuencias que podría tener lo que estaban a punto de hacer.

—Regresaré dentro de un momento.

· Abby decidió que, para ella, sería una eternidad. Antes de marcharse, Luc se inclinó sobre ella para darle un beso en la húmeda frente.

—Date prisa.

—Sí.

Se marchó del dormitorio. Abby escuchó cómo se abría y cerraba el ascensor. Se sintió horriblemente sola.

Sintió frío y se envolvió con la sábana. Estaba desesperada por que Luc volviera. Los acontecimientos de la velada, el champán, la deliciosa comida y las emociones vividas hicieron que, de repente, se sintiera agotada. Sin querer y sin darse cuenta de lo que estaba haciendo, cerró los ojos lentamente.

Luc encontró la farmacia más cercana en cuestión de minutos y compró lo necesario. Regresó a la suite y, al entrar en la habitación, sintió que el cuerpo le vibraba de emoción. Se sentía tan vivo...

Al ver a Abby tumbada en la cama, se detuvo en seco. Tenía el cabello extendido sobre la almohada como si fuera seda oscura. Las pestañas le abanicaban las mejillas. Los labios, aún hinchados por los besos, estaban fruncidos suavemente. Estaba profundamente dormida. Luc se preguntó en qué estaría soñando.

¿En él?

En aquel momento, con los preservativos aún agarrados con fuerza entre los dedos, comprendió que aquella velada era imposible. Había estado a punto de arrebatarle a Abby su inocencia, de quitarle lo que no podía ser suyo para luego terminar marchándose por la mañana porque no le quedaba elección. No tenía nada más que dar, nada más que sentir. De hecho, ya sentía cómo la insensibilidad se iba apoderando de él, de su mente, de su alma. Incluso el corazón volvía a tornársele frío e insensible.

Estaba tan acostumbrado a la sensación que le resultó casi reconfortante. El hecho de pensar que podría haber hecho daño a Abby lo atravesó como una certera flecha. Con toda seguridad, le haría daño, a menos que...

A menos que se marchara en aquel mismo instante, antes de poseerla y de arrebatarle su inocencia. Si se marchaba mientras ella dormía, le haría daño, pero no tanto. Lanzó un gemido de desesperación. No quería hacerlo. No había nada que ansiara más que perderse entre los brazos de Abby durante unas horas.

Ya no era el canalla que hacía caso omiso al dolor de los demás y que tomaba y que hacía lo que quería. Lentamente, se metió el paquete de preservativos en el bolsillo. Entonces, se inclinó sobre Abby y le dio un beso en la frente dejando que sus labios le rozaran suavemente la piel. Ella dejó escapar un suave suspiro. El delicado sonido atravesó el corazón de Luc y penetró el duro caparazón con el que él se había rodeado. Había estado tanto tiempo sin sentir nada que jamás había creído que pudiera volver a hacerlo. No quería. No deseaba sentir culpabilidad ni remordimientos por su propio fracaso.

Había fallado a Suzanne. Lo había hecho mes tras mes no viendo, no comprendiendo. No haciendo nada para salvarla. No volvería a fallar a nadie, y mucho menos a alguien tan inocente y dulce como Abby. No se lo permitiría.

Ella tenía su vida, su música, un mundo pleno y maravilloso que no tenía nada que ver con él. Era mejor así.

Antes de irse, le acarició suavemente la mejilla. Entonces, apartó la mano y se dirigió hacia la puerta. Dejó a un lado el hecho de que estaba sintiendo y dejó que la insensibilidad se apoderara de él una vez más, como si fuera un manto o un sudario. Se volvió una vez más para mirarla y susurró una única palabra.

–Adiós.

A continuación, se marchó de la suite tan silenciosamente que Abby ni siquiera lo notó.

Capítulo 4

ABBY se despertó lenta, lánguidamente. Una cálida somnolencia la cubría aún como una manta.
—*Excusez-moi*...

Ella se sentó sobre la cama de un salto y vio que había una doncella a los pies de la cama. La mujer tenía los ojos entornados y un plumero en la mano. Abby se cubrió el pecho desnudo con la sábana. Seguía completamente desnuda. Miró alrededor, buscando desesperadamente a Luc. No se le veía por ninguna parte.

Se había marchado. Abby lo sintió igual que había experimentado el mágico y eléctrico vínculo que se estableció entre ellos la noche anterior. Esto era mucho peor. Se trataba de un profundo vacío que le decía que Luc se había marchado como un ladrón en medio de la noche, antes de que... Interrumpió sus pensamientos con un sollozo. No tenía que mirar al suelo para saber que sólo eran sus ropas las que se encontraban allí.

Miró de nuevo a la doncella, que había levantado los ojos para observarla con astuta mirada. Abby consiguió recuperar en alguna parte de su cuerpo los últimos retazos de su dignidad y miró altivamente a la doncella.

—*Vous pouvez retourner dans quelques minutes*...

La doncella asintió y se marchó de la suite. Entonces, oyó que las puertas del ascensor se abrían y cerraban y supo que estaba completamente sola.

Trató de comprender lo ocurrido. ¿Por qué se habría marchado Luc? Se fue a comprar preservativos y entonces, decidió dejarla allí... ¿Por qué? ¿Se lo había pensado dos veces? ¿Había decidido que ella no merecía la pena? ¿Volvería alguna vez? Después de todo, aquélla era su habitación. Tenía que volver...

Se levantó de la cama y se envolvió en la sábana para recorrer la suite buscando pistas, promesas que indicaran que regresaría. Algo que le dijera que sólo se había marchado a tomar un café.

Por supuesto que no era así. En una suite como aquélla, el desayuno se llevaría a la habitación. Comprendió que todo lo ocurrido entre ellos había sido una fantasía. Todo había sido falso, incluso lo que ella había sentido. Los cuentos de hadas no ocurren en la vida real. Ella había sido tan estúpida como para creer en él.

Salió al salón, buscando tal vez un mensaje, algo que explicara lo ocurrido. Algo que le demostrara que lo de la noche anterior había sido real y que él había sentido lo mismo que ella.

No encontró nada.

Todo estaba vacío.

Volvió al dormitorio y se sentó en el borde de la cama. Decidió que no iba a desmoronarse. Respiró profundamente y se dijo que tenía que pensar. Tenía que aceptarlo y necesitaba salir de allí.

Observó su vestido de noche, que aún seguía en el suelo. Eso era lo único que tenía para ponerse. El pensamiento de atravesar el vestíbulo del hotel con las ropas de la noche anterior le hizo sonrojarse de vergüenza.

¿Cómo podía haberle hecho algo así? Ella había estado encendida de deseo. Su cuerpo ansiaba desesperadamente la unión con el de Luc y él simplemente se había marchado. Cerró los ojos y recordó el dulce placer que le habían proporcionado las manos de él sobre su cuerpo y sintió que se le escapaba un sollozo ahogado. Decidió que no volvería a pensar en ello. Tenía que salir de allí. Necesitaba estar fuerte para regresar a su hotel, dado que, sin duda, su padre la estaría esperando. Estaría preocupado y furioso y le exigiría explicaciones.

Se vistió con manos temblorosas, se calzó y se puso el abrigo. Entonces, oyó que la puerta del ascensor volvía a abrirse una vez más. Supo que la doncella había regresado. Respiró profundamente y con la cabeza bien alta se dirigió hacia el recibidor.

–*Excusez-moi, mademoiselle* –murmuró la doncella–. El caballero se marchó anoche. Yo no sabía que tenía una invitada.

–Ya me marchaba –dijo Abby con voz fría. El orgullo era lo único que le quedaba en esos momentos.

Sin mirar a la doncella, se dirigió al ascensor. Cuando las puertas se cerraron, se desmoronó sobre el banco, pero, afortunadamente, consiguió recuperar la compostura para lograr atravesar el vestíbulo del hotel con la cabeza bien alta. Oyó murmullos de especulación a sus espaldas y supo que la habían reconocido. Cuando salió a la calle, el frío aire de la mañana consiguió refrescarle las cálidas mejillas.

Llamó a un taxi y el alivio se apoderó de ella cuando, segundos más tarde, uno se detuvo junto a la acera. Entró en el vehículo y le dio la dirección de su hotel. Entonces, cerró los ojos.

Casi se había quedado dormida cuando la puerta del taxi se abrió con brusquedad.

–¿Dónde has estado? –le espetó Andrew Summers.

Abby pagó al conductor y salió del taxi.

—Por ahí —replicó ella con voz inexpresiva—. Por favor, papá. Te ruego que no me hagas una escena aquí.

Andrew asintió y Abby lo siguió hasta la suite que padre e hija compartían. En el pequeño salón que separaba los dos dormitorios, vio cómo su padre sacaba una botella en miniatura de whisky y se la tomaba de un trago. Este hecho la sorprendió, porque jamás se había imaginado que su padre bebía otra cosa que una copa de vino a la hora de cenar.

—Han venido unos reporteros a husmear aquí esta mañana —dijo Andrew—. Aparentemente, alguien te vio anoche con un hombre.

—Así fue —confirmó Abby con frialdad.

—¿Con un desconocido? —rugió su padre—. ¿Has estado con un desconocido? Abby, ¿cómo has podido?

Abby se encogió de hombros para no tener que admitir nada directamente.

—Simplemente he cenado en el bar de un hotel. ¿Acaso es eso algo escandaloso?

—Los periodistas dijeron que subiste con él a una habitación.

—Mi vida privada no le interesa a nadie más que a mí misma.

—Eso no es cierto. Tu vida privada me interesa a mí y a tu público porque eres una mujer famosa. Hemos trabajado mucho para convertirte en una celebridad.

—Tal vez yo no quería que así fuera.

—Es demasiado tarde para eso —replicó Andrew.

Era demasiado tarde para muchas cosas. Pensó en el deseo de Luc de poder volver atrás en el tiempo. Si ella pudiera conseguir que así fuera, ¿borraría lo ocurrido la noche anterior?

Se dio cuenta de que no. Habría deseado que se completara lo que jamás finalizó. A pesar de la desilusión de la mañana, la noche había sido verdaderamente mágica.

–Necesito una ducha –dijo–. Y cambiarme. Luego, podremos hablar.

Su padre la observó sorprendido. No estaba acostumbrado a que su hija le diera órdenes. Ella tampoco. Sin decir ni una palabra más, se marchó a su dormitorio y cerró la puerta. En su cuarto de baño, se quitó el vestido y lo arrojó al suelo. Allí, le dio una patada. No quería volver a verlo ni ponérselo de nuevo. Estaba viciado. Todo lo estaba.

Se metió en la ducha y, por fin, se permitió llorar. La belleza de la noche anterior no compensaba en absoluto la fealdad de aquella mañana. ¿Por qué había tenido Luc que marcharse tan de repente, sin explicarse ni despedirse?

La respuesta era evidente. No quería que lo encontrara. Por alguna razón, había cambiado de opinión y no había querido decírselo a la cara. Cerró los ojos. Debía de haberle resultado tan poco deseable y tan torpe en la cama que había preferido marcharse.

Cuando estuvo duchada y vestida, regresó al salón. Su padre estaba sentado en el sofá, con el teléfono móvil en la mano. Tenía una expresión sombría en el rostro y Abby no pudo evitar preguntarse con quién estaba hablando.

Al verla, cerró el teléfono inmediatamente y se giró hacia ella.

–Era tu madre.

Abby se sorprendió. Como primer violín de una orquesta de Manchester, su madre tenía un horario de trabajo muy apretado. Casi nunca llamaba cuando Abby estaba de gira.

–¿Va todo bien?

–No, Abigail. Nada va bien. Tu madre ha leído en el periódico la noticia del misterioso acompañante de Abigail Summers, el prodigio del piano.

Prodigio del piano. Así era como se la había etiquetado desde que empezó a tocar profesionalmente a la edad de diecisiete años. Nunca le había gustado especialmente aquel apodo, pero, en aquel momento, le pareció frío e inhumano. Se dirigió a la ventana para contemplar el bulevar.

–No creo que comprendas lo que ha significado lo ocurrido anoche –dijo su padre.

–Sé exactamente lo que ha significado –replicó ella, con una estrepitosa carcajada. «Nada».

–Para tu carrera –enfatizó Andrew–, aunque también...

Abby prefirió no imaginarse a lo que se refería su padre. Aunque Andrew Summers llevaba siendo su mentor y representante, jamás había tenido con él la clase de relación que animaba a las confesiones o a las intimidades. Aún recordaba lo ocurrido cuando le vino la regla en medio de una clase de piano. Ella le había preguntado a la madre de otra alumna y la mujer muy amablemente había ido a la farmacia para comprarle todo lo necesario. La mujer también se lo había contado a su padre, que la había mirado completamente atónito. Por supuesto, jamás habían hablado al respecto. Para él, Abby no era una mujer. Ni siquiera una hija. Era pianista. Un prodigio.

–¿Por qué iba a significar nada para mi carrera?

–Bueno, para tu imagen no es bueno que se te conozca como una chica a la que le gustan las fiestas.

–¿Una chica a la que le gustan las fiestas? ¿Qué dices? –preguntó con incredulidad. Su vida distaba mucho de eso. Nunca había hecho nada... hasta aquella noche.

La noche anterior se había olvidado de todo, reputación, carrera, vida, para poder pasar la noche con un hombre. Un hombre, que, desgraciadamente, no quería tener nada que ver con ella.

–Abigail, hemos trabajado mucho para llegar a donde estamos ahora. Hemos protegido tu reputación, creando la imagen de una mujer de singular talento.

A Abigail no se le pasó el plural por alto. «Hemos». Su padre siempre se había creído el artífice de todo lo que ella había hecho en su vida. Siempre había sido así.

Abby se dio la vuelta y se puso a mirar por la ventana una vez más. Había empezado a llover. Cuando sintió la mano de su padre sobre el hombro, ahogó una exclamación de sorpresa.

–Abby... fuera lo que fuera lo que ocurrió anoche... Lo único que tienes que hacer es tocar con el corazón esta noche y todo se olvidará. Una interpretación estelar borra todos los pecados.

Pecados. Una palabra muy adecuada. Abby asintió, como si estuviera de acuerdo con su padre.

Aquella noche no tocó con el corazón. Tal vez ya no lo tenía. Se sentía fría e insensible. De hecho, no tocó muy bien. Se atascó durante la *Appassionata* lo suficiente para que los espectadores se dieran cuenta. Oyó cómo los espectadores contenían la respiración, pero no le importó. Siguió tocando, consciente de que la música carecía por completo de sentimientos, como su corazón. Era vacía. Sin vida.

En el intervalo, su padre le dijo muy secamente que se relajara. Abby notó la preocupación que había en sus ojos y se preguntó si se lo decía por ella misma o por su carrera. Para su padre, lo importante siempre había sido la música. Era su pasión y su vida. ¿Lo era también para ella? Por primera vez en sus veinticuatro años, Abby sintió que no. Este hecho la entristeció aún más.

La segunda parte del concierto fue tan mala como la primera. No fue nadie a pedirle autógrafos. No fue nadie a felicitarla. Mientras Abby se cambiaba, su padre paseaba por delante de la puerta del camerino, hablando por el teléfono móvil con el agente de Abby.

–¿Acaso no se dice que «mejor que haya publicidad, aunque sea mala»? Lo sé, Randall, pero esto pasará... Nos quedan seis conciertos en esta gira... puede hacerlo.

«No puedo», pensó Abby mientras se miraba en el espejo y escuchaba las desesperadas súplicas de su padre. «Y, aunque pudiera, no lo haría». Llevaba veinticuatro años viviendo para la música. Había llegado el momento de vivir para sí misma.

Cuando salió del camerino, Andrew ya había terminado de hablar por teléfono. Le dedicó a su hija una cansada sonrisa.

–Sé que esta noche no ha sido el mejor concierto de nuestra vida, Abby. Tenemos un par de días hasta que tengamos que tocar en Milán y creo que a los dos nos vendría muy bien un descanso.

«Nosotros, siempre nosotros», pensó Abby. De niña le había hecho sentirse mayor, especial, pero en aquel momento la irritaba y la entristecía profundamente. Su padre también había sido pianista, pero su talento no lo había llevado muy lejos o, al menos, no lo suficiente. Por eso, vertía su energía creativa en ella y a Abby ya no le quedaba más sitio.

–Quiero cancelar el resto de la gira –dijo–. Estoy agotada. Necesito mucho más que unos días de descanso.

Andrew la miró boquiabierto.

–Abby...

–Podemos devolver el dinero si es necesario –añadió Abby, cada vez más segura de que aquello era lo que necesitaba. Su noche con Luc había sido simplemente una llamada de atención–. Llevo siete años tocando y grabando sin parar. Necesito un descanso. Largo.

–Está bien –dijo Andrew con voz temblorosa después de un instante–. Está bien, pero después de que terminemos la gira.

–No puedo. Ya me has oído esta noche. No puedo. Podemos devolver el dinero...

–No. No podemos.

Abby lo miró fijamente y sintió que el miedo se apoderaba de ella. Por fin, después de un instante, le preguntó:

–¿Por qué no?

–Porque lo he perdido, Abby –confesó su padre con la cabeza gacha–. Lo he perdido todo...

Capítulo 5

Seis meses después

LUC ESTABA sentado en la terraza de un café de Aviñón cuando una columna del periódico que estaba leyendo captó su atención. *Abigail Summers, prodigio del piano, se retira.*

Sintió una extraña sensación en el estómago. Culpabilidad. Lo sabía. Era la culpabilidad que había intentado contener desde entonces. Había tratado de no pensar en Abby ni en aquella maravillosa noche, aunque incompleta, que compartieron hacía ya seis meses. Había tratado de olvidarla, por el bien de ella. Abby no lo necesitaba en su vida. Por ello, Luc se había mantenido frío, distante, inmerso en su trabajo, como siempre, para no herir a nadie.

Sin embargo, mientras miraba el artículo, que iba acompañado de una foto de Abby tocando el piano, supo que no había logrado olvidarla. Tal no hubiera estado pensando activamente en ella, pero Abby había estado presente en su mente, en sus pensamientos. En su recuerdo.

Sintió que la culpabilidad se profundizaba y se intensificaba en él. ¿Por qué se había retirado?

«¿Habrá sido por mí?».

¿Había herido a otra inocente por su avaricia, su necesidad, a pesar de sus intenciones? No debería haberle hablado ni haber realizado nada de lo que se produjo a continuación. Había tenido muchas oportunidades de darse la vuelta, de marcharse, para no hacerle daño. No había aprovechado ninguna.

–*Salut,* Luc.

Luc levantó la vista de su periódico y vio a su abogado, Denis Depaul. Dejó el periódico a un lado, deseando que pudiera deshacerse de los recuerdos y las preocupaciones tan fácilmente.

–*Salut* –replicó.

Denis se sentó y pidió un café antes de seguir hablando.

–Me alegro de verte. Pensé que no iba a tener la oportunidad. Has estado trabajando tanto. Y resulta tan raro que bajes al sur ahora...

–Sí.

Denis era un viejo amigo de la familia. Había trabajado para su padre antes de que éste falleciera, cuando Luc sólo tenía once años, y había protegido los bienes de la familia todo lo bien que había podido hasta que Luc tuvo la edad suficiente para hacerse con las riendas de Toussaint Holdings.

Luc jamás olvidaría esos años desesperados, cuando Toussaint Holdings se había ido deshaciendo poco a poco, hasta llegar al desastre financiero total por causa de la corrupción y de los gerentes poco decentes. Denis había hecho lo que había podido mientras Luc, con sólo doce años, lo contemplaba sin poder hacer nada.

–Tengo noticias.

–¿Sí?

–Sí. He recibido una oferta por el castillo Mirabeau.

–¿Una oferta? No sabía que estaba a la venta.

–Por supuesto que no lo está, pero lleva seis meses cerrado. La gente ha empezado a preguntarse qué pasa.

–Pues que sigan preguntándoselo.

–En realidad, es una oferta muy buena, Luc. Por supuesto, ahora no necesitas el dinero, pero considerando...

–¿Considerando? ¿Considerando qué?

–Considerando que ya no vives allí y que no has expresado interés alguno por vivir allí en el futuro...

La expresión de Denis era de compasión, algo que Luc no podía soportar y que, ciertamente, no se merecía. No quería simpatía ni la comprendía. Habría sido más fácil si Denis le hubiera recriminado su comportamiento, le hubiera culpado de la muerte de Suzanne.

«Si hubiera prestado atención... si la hubiera amado... si me hubiera dado cuenta de lo desesperada y triste que yo la había hecho...».

Tal vez seguiría con vida.

–Luc, te repito que es una buena oferta. Y el castillo, con todos sus recuerdos...

Luc comprendía bien a qué se refería. El castillo Mirabeau, con tus terrazas de piedra y sus viñedos, las fuentes y los acueductos, sus secretos, sus penas, sus cicatrices... El castillo Mirabeau, donde Suzanne había vivido tan tristemente y había muerto tan de repente.

–No puedo venderlo –dijo Luc–. Lleva cuatrocientos años siendo propiedad de nuestra familia. Mi padre...

–Sé que a tu padre no le habría gustado que ocurriera algo así, pero tampoco se habría imaginado nunca las circunstancias. Vender el castillo te podría ayudar, Luc, y no me refiero sólo a tu economía. Tienes que...

–Tu trabajo no es decirme lo que necesito –lo interrumpió.

Denis lo miró durante un instante. Entonces, se encogió filosóficamente de hombros.

–Como quieras. Treinta y cinco millones de libras podrían hacerte cambiar de opinión...

–¿Treinta y cinco millones de libras? ¿Es eso todo?

Denis sonrió.

–Ya te dije que no lo necesitas, pero, en estos tiempos, treinta y cinco millones de libras son treinta y cinco millones de libras.

–No.

Denis volvió a encogerse de hombros.

–Como desees –dijo. Entonces, sacó un expediente de su maletín y comenzó a hablar con Luc de otros asuntos referentes a las propiedades que tenían en el Languedoc.

A pesar de que todo lo referente a las propiedades familiares siempre le interesaba mucho no pudo evitar volver a mirar el periódico mientras Denis hablaba.

Abby...

Una vez más, sintió que el sentimiento de culpabilidad se apoderaba de él. Seis meses atrás, ella había estado en la cumbre de su carrera. Tenía todo lo que podía desear y, de repente, se había retirado. ¿Por qué?

Le parecía que la respuesta era evidente. Por él. Luc le había quitado demasiado y luego se había marchado de su vida sin una única palabra de explicación, sin ni siquiera decirle adiós.

Se había convencido de que sería mejor así. Si hubiera esperado, se habría derrumbado. La habría tomado entre sus brazos y le habría hecho el amor. No la habría dejado escapar.

¿Y entonces qué? Ella se habría sentido más unida a él, más implicada en su vida. Tal vez, incluso se habría imaginado que lo amaba. Entonces, él le habría hecho daño, la habría desilusionado. Le habría terminado fallando, igual que le había ocurrido con Suzanne.

–¿Luc? –le dijo Denis para captar de nuevo su atención–. Ahora vamos a repasar los beneficios de la bodega.

–Sí, por supuesto...

Luc no tenía ni idea de lo que le decía Denis. Se obligaba a concentrarse, pero no hacía más que pensar en el artículo del periódico, en aquella noche, en Abby.

Recordó el contacto de su cuerpo contra el de él. Habían encajado perfectamente. Aún recordaba cómo le olía el cabello, lo que le resultaba muy extraño. Cuando la tuvo entre sus brazos, todos los fantasmas del pasado desaparecieron. Los recuerdos no lo habían turbado. Se había sentido en paz.

–¿Luc? –le dijo de nuevo Denis. Luc asintió.

–Sí, dime.

Sin embargo, no le estaba escuchando. Su mente estaba a miles de kilómetro de allí, pensando adónde podría haberse marchado Abby. Y en cómo podría encontrarla.

Abby sacó una lasaña casera de un congelador industrial y la metió en la caja que tenía sobre el mostrador.

–¿Algo más para Corner Cottage? –le preguntó a Grace Myer, la mujer para la que llevaba cuatro meses trabajando y que era la dueña de Comidas caseras Cornish Country.

Grace se colocó un mechón de cabello grisáceo por detrás de la oreja y consultó el pedido.

–Lasaña, ensalada, pan y pastel de manzana. Creo que ya está. Es sólo para un hombre.

–¿Y ha venido a pasar una semana?

–Sí. Alquiló la casa hace unos días. Ha debido de ser algo de última hora. Ya está. ¿Te viene bien ir a Helston esta tarde?

–Sí, no hay problema.

Grace había contratado a Abby para que se ocupara de los repartos, algo que a ella le costaba cada vez más hacer por su espalda. Abby lo agradecía. Le gustaba ser útil, mantenerse ocupada y resultar productiva de un modo en el que jamás lo había sido antes. Le gustaba tener una vida tan ajetreada porque así no tenía tiempo para pensar.

Tomó la caja y salió de la casa desde la que Grace dirigía su negocio. Aquel día de septiembre era fresco y soleado, con una ligera brisa que soplaba desde el mar y que alborotaba el cabello de Abby.

Cargó la caja en el maletero de la vieja furgoneta de Grace y se montó en el vehículo. Empezó a conducir por la carretera que bordeaba la costa en dirección a Carack, el pequeño pueblo de pescadores donde estaba situado Corner Cottage.

Una vez más, pensó en lo mucho que había cambiado su vida en los últimos seis meses, desde aquel día en París, cuando su padre le confesó que sus bienes, los de Abby, se habían desvanecido por completo. Ese momento había supuesto un punto de inflexión en su vida y en su profesión. Había tocado dos conciertos más, malamente, antes de cancelar el resto de la gira. Envuelta en una nube de preocupación y de comentarios malintencionados, había abandonado el panorama musical y la vida que había conocido hasta aquel momento. Desde entonces, vivía allí.

Se pasaba la mayor parte de los días yendo de un lugar a otro llevando cajas de comidas. La naturaleza mundana de su trabajo se veía aliviada por el mar y por el cielo, los ocasionales desplazamientos a Helston o Penzance para comprar suministros y los amigos que había hecho: Martha, la dueña de la pequeña tienda de Carack desde hacía treinta años, el cartero o la propia Grace. Placeres pequeños y sencillos de la vida que había aprendido a saborear.

La decisión de ir a Cornualles había sido instintiva. No había necesitado pensarla. De niña solía ir allí de vacaciones, cuando su madre tenía que tocar en un festival de Devon. Pasaba allí una semana gloriosa, construyendo castillos de arena, tomando helados... Era una de las pocas vacaciones que había disfrutado en familia. Le gustaba haber regresado. No lamentaba su decisión. Sus padres se habían quedado completamente atónitos y su público muy sorprendido por su decisión, pero Abby se alegraba. Necesitaba un cambio total, un giro de la vida que había conocido hasta entonces, de la persona que había sido.

Por primera vez en su vida, aparte de la noche que estuvo con Luc, se sentía libre. Libre y feliz. No obstante, el hecho de pensar en Luc le causaba un profundo dolor. Había dejado de sentirse enojada hacía meses. La ira resultaba demasiado agotadora. No sabía por qué Luc se marchó, pero no estaba segura de que ya le importara.

A medida que la ira fue remitiendo, descubrió que, sorprendentemente, ésta se iba viendo reemplazada por gratitud. Luc la había despertado. Le había hecho ver lo limitado y encasillado que era su mundo y su vida. La había hecho sentir. A pesar de todo, le dolía lo ocurrido y la entristecía pensar en lo que podría haber sido, pero agradecía que la hubiera despertado, algo que, evidentemente, había necesitado desesperadamente.

–Tal vez si sigo diciéndome eso, terminaré creyéndomelo –dijo tristemente.

Siguió avanzando por la estrecha carretera hasta que llegó a Corner Cottage. La casita era la última de una fila de casas adosadas que había en la calle principal de Carack. Estaban encaladas, tenían el tejado de paja y todas contaban con vistas al mar. Abby aparcó la furgoneta frente a la casa y se dispuso a descargar la caja con las viandas.

Entró por la verja trasera y atravesó el pequeño jardín para dirigirse directamente a la cocina. Le encantaba Corner Cottage. Era muy pequeño. Contaba con la cocina, un pequeño salón que estaba dominado por una chimenea de piedra y un acogedor dormitorio en la parte de arriba. Era una de las casas de alquiler más populares para las parejas y Abby entendía perfectamente por qué. Las vistas del mar desde la ventana del dormitorio hacían querer acurrucarse en la cama bajo el mullido y cálido edredón y permanecer allí para siempre.

Parte del trabajo de Abby consistía en tener la casa lista para los siguientes inquilinos. Por eso, después de dejar la comida se dirigió al dormitorio para asegurarse de que todo estaba listo y preparado. Al ver la cama, no pudo evitar pensar en Luc y, sin remisión, se imaginó en ella a su lado. No tenía a nadie más con quien imaginarse, dado que él había sido la práctica totalidad de su experiencia romántica y sexual. Por eso, desde el día en el que tomó su decisión, había llegado a la determinación de vivir la vida al máximo, pero, desgraciadamente, no podía olvidar a Luc. Atesoraba los momentos que pasó entre sus brazos como los más valiosos y más reales de su vida. ¿Exagerada? Por supuesto. No podía olvidar tampoco que él se había marchado antes siquiera de que hicieran el amor.

–En realidad, resulta un poco patético –dijo Abby en voz alta. Tenía que dejar de pensar en Luc. Sus recuerdos le hacían sentirse muy vulnerable–. Lo que necesito es tener pronto otra cita.

Se dirigió escaleras abajo hacia el salón. Estaba a punto de marcharse cuando oyó el ruido de la llave en la cerradura. Se suponía que el nuevo inquilino no tenía que llegar hasta las tres y sólo era mediodía. Abby se encogió de hombros y decidió que lo mejor que podía hacer era saludarlo y confirmar con él que todo estaba como esperaba.

Esbozó una simpática y profesional sonrisa y esperó a saludar a quien abriera la puerta. Estaba a punto de darle la bienvenida a Corner Cottage cuando se quedó completamente muda. La sonrisa se le heló en el rostro.

Cuando la puerta se abrió, se encontró cara a cara con Luc.

Capítulo 6

LUC PENSÓ que Abby prácticamente estaba igual. Aún tenía la llave en la mano y estaba allí de pie, mirándola completamente inmóvil, bebiendo de su imagen como si fuera un hombre muerto de sed.

Ella tampoco se movió. Tenía la boca abierta, el rostro pálido y los ojos abiertos de par en par. Tan parecida y, a la vez, tan diferente. Llevaba el oscuro y brillante cabello recogido en una descuidada coleta e iba ataviada con vaqueros, una parca roja y una camiseta en vez de un vestido de noche. Tenía el aspecto de una chica de pueblo, pero tenía el aire cosmopolita que le habían dado sus muchos viajes. Él la había reducido a aquello, a un mero trabajo para una pequeña empresa de catering. La culpa se adueñó de él una vez más. Dio un paso adelante mientras se metía la pesada llave en el bolsillo.

–Hola, Abby.

–¿Qué estás haciendo aquí? –preguntó ella, con incredulidad.

–Yo... quería verte.

–Has venido aquí a propósito –afirmó. Un hombre como él, acostumbrado a los mejores hoteles y a los establecimientos de lujo, jamás visitaría una pequeña casita como aquélla en medio de ninguna parte si no tuviera una razón para hacerlo.

–Sí.

–Para verme.

–Sí. Me ha costado mucho encontrarte, pero lo he conseguido y, ahora, estoy aquí.

–¿Por qué? –preguntó Abby cruzándose de brazos. El tono de su su voz había adquirido un tono suave pero a la vez amenazante que Luc no había escuchado nunca.

–Necesitaba asegurarme de que estás bien.

Abby no comprendía nada. Era consciente de muchas cosas. La ira que sentía en aquel instante. Del aspecto de Luc. Del hecho que ansiaba sentir sus fuertes brazos alrededor del cuerpo... Dio un paso atrás. Eso no iba a ocurrir.

–A ver si lo entiendo –dijo por fin–. Necesitabas salvar tu conciencia asegurándote de que no me habías roto el corazón por la noche que *casi* pasamos juntos hace ya más de seis meses... ¿Es eso?

Luc pareció ruborizarse. Abby se preguntó si de verdad estaría avergonzado.

–Considera tu conciencia salvada, Luc. Estoy bien.

–Te retiraste del piano.

–Una decisión que no tuvo nada que ver contigo.

–El periódico decía que habías cancelado varios conciertos.

–Eso no es asunto tuyo –le espetó ella–. La lasaña está en el frigorífico.

–¿La lasaña? ¡La única razón por la que hice un pedido de comida fue para verte!

–Bueno, pues ya me has visto –replicó ella–. Debes de haber hecho un buen trabajo de detective para encontrarme aquí. Ni siquiera los periódicos saben dónde buscar, aunque supongo que ahora ya no soy noticia.

–¿Por qué dejaste el piano, Abby?

–Te he dicho que no tuvo nada que ver contigo.

–Me cuesta creerlo.

Abby lanzó una carcajada de incredulidad.

–¿Acaso preferirías que tuviera el corazón roto?

Luc tensó la mandíbula. Abby no se podía creer que aquél fuera el hombre del que había estado a punto de enamorarse. Debía de haber sido muy ingenua, porque el hombre que estaba ante ella en aquel momento era frío y distante. ¿Significaba tan sólo para él un problema que debía resolver? ¿Por qué había ido hasta allí?

–Sólo necesito saber por qué lo dejaste.

–Si vas a pedir respuestas, será mejor que me invites a tomar un té –dijo, a pesar de que sabía que debía marcharse. Eso habría sido lo más inteligente, pero, en lo que se refería a Luc, nunca lo había sido. De repente, había empezado a sentir compasión hacia él.

Se dirigió a la cocina y comenzó a preparar el té. Sus fluidos movimientos en la cocina trataban de enmascarar los recuerdos. Se sentía débil tan sólo por verlo, dado que jamás hubiera creído que volvería a tenerlo ante sus ojos. El hecho de estar junto a él le hizo darse cuenta de lo mucho que había ansiado su presencia.

–¿Lo echas de menos? –le preguntó Luc.

–No –respondió ella–, al menos no tanto como pensaba...

Había mentido. Por supuesto que echaba de menos la música. Echaba de menos necesitarla, quererla, amarla, sentirse consumida por ella.

–¿Por qué te retiraste, Abby? –preguntó él acercándose un poco más a ella–. ¿Por qué lo dejaste todo tan de repente?

–Veo que tienes un increíble complejo de culpabilidad. Te echas la culpa, ¿verdad? Crees que arruinaste mi carrera.

–Me lo he preguntado. Dime que me equivoco.

–Te equivocas, Luc. No fuiste tú, sino yo.

–¿Qué ocurrió?

A sus espaldas, la tetera comenzó a silbar. Abby centró de nuevo sus esfuerzos en la cocina para preparar el té. Necesitaba tiempo para ordenar sus pensamientos y preparar una respuesta. ¿Qué ocurrió? Tantas cosas.

–Supongo que pasaron muchas cosas al mismo tiempo –dijo por fin, cuando el té estuvo preparado. Le entregó a Luc una taza y los dos permanecieron en silencio, con la taza entre las manos. Los dos estaban perdidos en sus pensamientos–. La noche que pasamos juntos fue como una llamada de atención para mí. Me di cuenta de lo cerrada, lo enjaulada que estaba mi vida. Sabía que desde el exterior parecía muy glamurosa, pero yo no he conocido otra cosa que no sea la música, el piano, las salas de conciertos y los ensayos. No mucho más. No he conocido mucho de la vida.

–¿Y quieres cambiar eso?

–Sí y, para ser sincera, lo necesitaba. Estaba agotada y se me notaba.

–Eras brillante.

–Creo que dejé de serlo...

Los dos quedaron sumidos en un profundo silencio. Lo único que se escuchaba en la casa era el distante rugido del mar.

–De acuerdo –dijo Luc, por fin–. ¿Y por qué Cornualles? ¿Por qué ir con cajas de acá para allá como una sirvienta?

—Te aseguro que el trabajo manual no tiene nada de malo —replicó ella, ofendida por el tono de desdén que Luc había utilizado.

—Eso es demasiado poco para ti. ¿Y si te dañaras las manos? ¿Y si perdieras la habilidad para tocar?

Abby lo había pensado ya, pero cuando se mudó a Cornualles se sentía demasiado cansada y demasiado herida como para pensar.

—Hace seis meses que no toco el piano —dijo—. A veces me pregunto si volveré a tocar —añadió. Se dio la vuelta para no ver el rostro escandalizado de Luc—. Esto no tiene nada que ver contigo y sí conmigo y con mi familia.

—¿Tu familia?

—Mis padres son músicos profesionales. No conocen otra cosa ni les ha importado nunca nada más. Cuando yo nací, la carrera de mi madre como violinista empezaba a despuntar. La de mi padre como pianista estaba en decadencia, por lo que él se convirtió en la persona que cuidaba de mí. Él me inculcó todo su amor por el piano, al igual que su ambición. Yo nunca quise defraudarlo.

—Puede ser, pero tu talento es evidente y, sin duda, sobrepasa el de tu padre. Eso no es algo que se pueda forzar.

—Tal vez no, pero el talento y el deseo no siempre van de la mano. Al menos, el deseo de tocar profesionalmente. De todos modos, ¿quién sabe? Tal vez vuelva a tocar si se me da la oportunidad. Para cuando esté lista para regresar, el mundo podría haberse quedado prendado de otro prodigio del piano.

—Lo dudo, pero, si querías tomarte un descanso, ¿por qué no te fuiste a un hotel o a un lugar paradisíaco? Tener unas vacaciones de verdad en vez de...

–¿Trabajar como una sirvienta? –preguntó Abby con una carcajada–. Esto es como unas vacaciones para mí, Luc.

–Tienes dinero para hacerlo...

–En realidad, no es así –lo interrumpió ella. Entonces, se dio la vuelta para enjuagar la taza en el fregadero.

–Abby, ¿qué quieres decir?

–Mi padre estaba a cargo de invertir todo mi dinero –dijo Abby, aún de espaldas–. Yo siempre tenía lo que necesitaba y jamás pensé mucho al respecto. De todos modos... En el momento en el que me enteré me sentía agotada. Él había perdido prácticamente todos los beneficios que yo había sacado de siete años de tocar el piano en inversiones arriesgadas y el giro que ha dado la economía no le favoreció. Después de todo, es músico y no economista.

–¿Y los derechos de autor de los álbumes que has publicado?

–Sólo hay dos y algo antiguos. No se venden demasiado. Me proporciona algo de dinero. Nada más.

–Podrías demandarlo.

–Venga, Luc –dijo ella dándose la vuelta–. ¿De verdad crees que quiero venganza? Es mi padre. Además, no tiene dinero para indemnizarme. Siento pena por él, a decir verdad. Creo que estaba más implicado en mi carrera que yo misma.

–¿En qué trabaja ahora?

Abby se encogió de hombros. A su padre le había disgustado mucho su decisión de marcharse a Cornualles para trabajar y, por lo tanto, apenas habían estado en contacto.

–No sé... probablemente estará en Londres, tratando

de encontrarme algún concierto. La última oferta fue tocar en Brighton para los jubilados.

–¿Y tu madre?

–Está centrada en su propia carrera. Mis padres viven separados desde que yo empecé a hacer giras. Ella me dijo que me fuera a vivir con ella a Manchester y que diera clases de piano a los niños, pero yo no quise. Necesitaba hacer mi propia vida y así lo he hecho. Sé que no te parece que haya hecho muy bien, pero es mía y, aunque te sorprenda, soy feliz aquí.

Luc quedó en silencio durante un instante.

–Si necesitas dinero...

–No.

–No voy a consentir que estés aquí trabajando en esto sólo porque...

–No te queda elección, Luc. Tú no tienes control alguno sobre mi vida.

–No me vas a decir ahora que lo dejaste todo por tu padre –dijo él–. Yo tuve algo que ver al respecto. Puse en movimiento una cadena de acontecimientos.

–Tienes un ego increíble –le espetó Abby.

–¿Sí? Porque esa noche me afectó a mí tanto como creo que te afectó a ti –dijo, con la voz desgarrada y una poderosa mirada en los ojos azules–. Seis meses después, no puedo ni siquiera empezar a olvidar. Sigue turbándome.

Abby abrió la boca para responder, pero no encontró las palabras. La admisión de Luc había puesto su mundo patas arriba. Quería creerlo. Necesitaba creer que aquella noche no había sido una mentira, creer en los cuentos de hadas, pero no podía. La precipitada marcha de Luc le decía todo lo contrario.

–A pesar de todo, eso ocurrió hace seis meses. Los

dos hemos seguido con nuestras vidas, Luc. Ya no tenemos nada, así que... ¿Por qué no me dejas en paz? Regresa a París, o al Languedoc o adonde quieras.

–No puedo –dijo Luc, con una profunda mirada de anhelo en los ojos

Extendió la mano y agarró las muñecas de Abby. Entonces, comenzó a acariciarle suavemente el interior de la muñeca con los dedos.

Abby cerró los ojos. El sonido de su voz y aquella agradable caricia debilitaban sus defensas.

–Cena conmigo –sugirió él–. Esta noche.

–No creo que eso sea una buena idea.

–Probablemente no –afirmó Luc con una sonrisa–, pero cena conmigo de todos modos.

–Acepté en una ocasión –le dijo Abby–, y lo lamenté –añadió. Trató de soltarse de él, pero Luc no se lo consintió. Los dedos le agarraban con fuerza la muñeca y el pulgar le acariciaba la delicada piel haciendo que le temblara todo el cuerpo.

–¿De verdad, Abby? ¿De verdad lo lamentaste? –le preguntó él mirándola a los ojos. Abby no pudo apartar la mirada. Tampoco pudo mentir.

–No –admitió ella–, pero debería. Y, aunque no lo lamento, eso no significa que quiera repetirlo –dijo, mintiendo de nuevo.

Tiró del brazo y, en aquella ocasión, logró zafarse.

–Sólo te pido una cena –insistió Luc.

Abby lo maldijo en silencio. Estaba tan cerca de aceptar... Por supuesto que quería volver a verlo. Quería acariciarlo de nuevo, que él la acariciara a ella... aunque se volviera a marchar, aunque no se despidiera de ella.

–No, Luc –dijo. No supo de dónde había sacado la

fuerza necesaria para negarse–. Lo siento. Es que... No puedo. Simplemente no puedo

Sin mirarlo, se dirigió a la puerta y se marchó. Cuando llegó a la verja echó a correr. Huyendo.

Capítulo 7

LUC ESTABA en la puerta de Corner Cottage observando cómo Abby se marchaba. Por la velocidad con la que avanzaba, resultaba evidente que sentía una profunda desesperación por alejarse de él. ¿Por qué no iba a ser así? Debería alejarse de él tan rápido como pudiera. Había aprendido la lección seis meses atrás. ¿Por qué no había hecho él lo mismo?

Aún la deseaba. Había acudido a Cornualles con la mejor de las intenciones. Quería verla, explicarle por qué se había marchado como lo había hecho. Quería asegurarse de que ella se encontraba bien. «Considera tu conciencia salvada, Luc. Estoy bien». Ésas habían sido las palabras que Abby le había dedicado. Debía de haberle parecido un canalla arrogante y egoísta. Ella había sabido ver sus verdaderas intenciones. Efectivamente, Luc no había ido hasta allí por ella, sino por sí mismo.

¿Por qué la había invitado a cenar? Debía dejarla en paz, pero, en vez de hacerlo, la había perseguido hasta allí con un urgente deseo que era completamente egoísta. Seguía sin poder dejarla escapar.

Lanzó una maldición en voz alta.

No podía dejarlo así. No podía dejar a Abby así, tanto si ella lo quería como si no. Se merecía más de lo que él podía darle, pero, al menos, podría ocuparse de que ella no se quedara desatendida. Asegurarse de que se quedaba en buena posición económica y física, aunque no emocionalmente.

Mientras tomaba estas decisiones, se preguntó si no se estaría cegando una vez más, apartándose adrede de la verdad: simplemente necesitaba volver a verla. Quería verla y todo lo demás era una excusa.

—No tienes muy buen aspecto.

—Anoche no dormí muy bien –admitió Abby cuando entró en la cocina de Grace.

—¿Por alguna razón en particular? –preguntó Grace mientras abría el horno para ver cómo iba una bandeja de bollitos de canela.

—En realidad ninguna –mintió. La razón era muy clara. Luc. Desde que se marchó de su casa, no había podido dejar de pensar en él ni en los recuerdos de los momentos que pasaron juntos. Su cuerpo y su mente recordaban detalles que creía haber olvidado.

—Esta noche hay guisado de carne y pan recién hecho para Corner Cottage –anunció Grace alegremente mientras sacaba la bandeja de bollitos del horno–. Y también quiere el desayuno.

—¿El desayuno? –repitió Abby. El hecho de pensar en compartir aquella comida con él, tumbados en la cama, enredados con las sábanas le causaba vértigo. Desayuno. Una comida que jamás había compartido con Luc.

Y jamás la compartiría.

—¿Corner Cottage requiere más comidas? –preguntó de repente. Grace le dedicó una extraña mirada.

—Por supuesto que sí. Ha encargado comidas para toda la semana para que se las llevemos todos los días.

–Claro.

Una semana de llevarle comidas a Luc. Una semana de verlo todos los días. Abby cerró los ojos. Le resultaba imposible pensar. Si lo veía toda la semana, terminaría cediendo. Haría todo lo que él quisiera...

–Abby, ¿te encuentras bien?

–Sí, claro que estoy bien –respondió obligándose a sonreír–. Estoy perfectamente bien –añadió, en un tono demasiado firme. Grace frunció el ceño.

–¿Se me ha pasado algo por alto?

–No.

Abby no estaba preparada para decirle a Grace cómo había conocido a Luc o que conociera a Luc siquiera. Había dejado esa vida a sus espaldas. Todo.

–Simplemente estoy cansada. Siento parecer algo despistada.

–¿Acaso no quieres ir a Corner Cottage? –le preguntó Grace. Abby se sonrojó y deseó no ser tan transparente.

–No, por supuesto que no. Es decir, claro que sí quiero ir. ¿Por qué no iba a querer? –preguntó. Tomó una caja vacía y comenzó a llenarla antes de que Grace pudiera seguir haciendo preguntas–. Ya te he dicho que simplemente estoy cansada. Iré inmediatamente.

–Hay un par de entregas más –dijo Grace, con un tono de voz astuto. Este hecho hizo que Abby se preguntara qué era lo que sospechaba su jefa–. Cadgwith y Mullios. Puedes hacer esos dos primero.

Abby tardó la mayor parte del día en hacer el reparto. Dejó Corner Cottage para lo último, pero cuando llegó allí se dio cuenta de que debería haber ido en primer lugar y así podría haber utilizado la excusa de que tenía otras entregas que realizar para poder marcharse inmediatamente.

¿O acaso no quería tener una razón para marcharse, sino más bien una para quedarse? No se atrevió a responder esa pregunta. Agarró la caja con las viandas y se dirigió a la casa. Llamó a la puerta de la cocina varias veces, pero no obtuvo respuesta. Con un cierto sentimiento de irritación, se dio cuenta de que se sentía desilusionada. Dejó la caja en el suelo y se sacó la llave que tenía de la casa. Grace siempre tenía llaves de las casas a las que servía.

Abrió la puerta y entró. No pudo evitar mirar a su alrededor mientras sacaba las comidas de la caja. Vio un libro y unas gafas de lectura sobre la mesa que había junto al sofá. ¿Luc llevaba gafas? No se lo podía creer. Otro detalle de su vida que desconocía.

Sabía que no debía subir al dormitorio, pero no lo pudo evitar. Subió de puntillas por la estrecha escalera, con el aliento contenido. Estaba espiando. Cotilleando. No había otro modo de definirlo. Debería darse la vuelta y marcharse por la puerta trasera sintiéndose aliviada de haber evitado a Luc en aquella ocasión.

Siguió subiendo.

Se asomó al cuarto de baño y vio una toalla ligeramente húmeda en un lateral de la bañera, una maquinilla y un jabón de afeitar en el lavabo. Tomó el jabón y lo olió, reconociendo inmediatamente el olor. Lo dejó caer como si le quemara la mano y se la limpió en los vaqueros.

—Tengo que salir de aquí —susurró, pero se dio la vuelta para mirar en el dormitorio.

Considerando lo ordenadas que estaban el resto de las habitaciones, el dormitorio distaba mucho de estarlo. La habitación estaba deliciosamente revuelta. Cuando Abby se acercó un poco más, vio la huella de la cabeza de Luc sobre la almohada. No pudo evitar acercarse un poco más. Se inclinó y aspiró el aroma de él sobre las sábanas.

–¿Abby?

Ella dio un salto de casi medio metro y se giró con la mano sobre el pecho.

–¡Ah! ¡Eres tú! ¡Me has asustado!

–¿Está todo bien? –le preguntó él desde la puerta.

Abby se ruborizó. ¡Lo que había estado haciendo resultaba tan evidente! Había estado oliendo sus sábanas, por el amor de Dios.

–Todo está bien. Simplemente estaba... comprobando las cosas. Todo forma parte del servicio.

–Es muy... amable de tu parte –dijo Luc, aunque Abby estaba segura de que no le había engañado.

–Sí, bueno. Es importante comprobar todos los detalles. Así que, dado que todo está perfectamente, me marcho.

Con eso, se dirigió hacia la puerta, pero Luc no se movió.

–Luc...

Él la miró. Los ojos se le habían oscurecido hasta alcanzar el color profundo del mar.

–Tengo que darte algo.

–No –replicó ella. No sabía de qué estaba hablando Luc, pero tenía que marcharse de allí antes de que hiciera una estupidez como tocarlo. O como pedirle que la tocara a ella–. Por favor, Luc. Te ruego que te muevas.

Luc dudó y Abby vio que él levantaba la mano, pero, tras un instante que a ella le pareció una eternidad, volvió a bajarla y se apartó de la puerta. Abby atravesó corriendo el umbral y bajó rápidamente las escaleras.

Luc la siguió. Ella tenía la mano sobre el pomo de la puerta de la cocina cuando él tomó la palabra.

–No te vayas.

–Tengo otras cosas que hacer –dijo ella. Entonces, de soslayo, vio que él se sacaba algo del bolsillo–. Te he dicho que tengo otras cosas que hacer –susurró desesperadamente. Decidió que era mejor ceder y se dio la vuelta–. Está bien. ¿De qué se trata?

Luc le entregó un trozo de papel que Abby no identificó hasta que lo miró atentamente. Entonces parpadeó completamente asombrada de lo que había visto. Tenía entre sus manos un cheque por un valor de un millón de libras.

–¿Qué es esto?

–No quiero que te falte nada.

–¿Un millón de libras? ¿Es eso lo que te hace falta para limpiarte la conciencia?

–Considéralo un regalo –replicó él, muy serio.

Lentamente, Abby desgarró el cheque por la mitad. Luego, volvió a unir los trozos y repitió la operación hasta que el cheque cayó al suelo convertido en un montón de pequeños papelitos.

–No quiero tu dinero, Luc. Te quería a ti, pero, evidentemente, tú no sentías lo mismo. Un millón de libras no va a servir de nada.

Luc permaneció en silencio durante un largo instante mirándola fijamente.

–Hace seis meses, yo estaba en una situación muy difícil –dijo él, por fin. Respiró profundamente–. Estaba casado...

–¿Casado?

–No... En ese momento no –se corrigió–. Suzanne, mi esposa, murió seis meses antes de que nos conociéramos.

–Lo siento –dijo ella. No comprendía aún qué tenía que ver aquel hecho con el que se hubiera marchado aquella noche. ¿Lo habría hecho por su esposa? ¿Porque la echaba de menos?–. Debiste de haberla querido mucho.

–Me marché porque sabía que no podía... que no puedo... ofrecerte lo que tú te mereces. Lo que tú necesitas. Eso no lo tengo para poder entregártelo, Abby –susurró. Ella asintió–. ¿Por qué no has aceptado el cheque? –añadió mirando los trozos de papel sobre el suelo–. ¿Acaso importa la razón por la que te lo doy? Tú lo necesitas.

–En realidad, no lo necesito. Y claro que importa. El dinero hace que lo que ocurrió entre nosotros resulte sórdido. Sucio –afirmó ella–. Yo creía... creía que aquella noche habíamos compartido algo muy especial. Yo creía que era un inicio, pero fue simplemente un modo para que tú te divirtieras unas cuantas horas, ¿verdad? Aunque hubiéramos hecho el amor, tú te habrías marchado de todos modos por la mañana.

Luc no respondió y Abby supo que ella tenía razón en lo que acababa de decir. No debería sorprenderla ni dolerle, pero así era. Sacudió la cabeza lentamente y se giró de nuevo hacia la puerta.

–Adiós –susurró. Agarró el pomo y se dispuso a abrir la puerta.

La voz de Luc se lo impidió.

–No fue así. Al menos, yo no quería que fuera así –confesó. Abby volvió a darse la vuelta–. Aquella noche fue una de las mejores experiencias de mi vida, Abby. Sé que parece una tontería, pero... me dio esperanza en un momento en el que me encontraba profundamente desesperado.

–Entonces, ¿por qué te marchaste? ¿Acaso cambiaste de opinión? ¿O es que ya no me deseabas?

–Oh, Abby –dijo él dando un paso al frente–. ¿Cómo no iba a desearte?

Le colocó las manos sobre los hombros y dio un paso más hacia ella. Entonces, movió las manos hacia arriba y le enmarcó el rostro entre ellas. Hasta que no la tocó, Abby no se dio cuenta de lo mucho que había echado de menos sus caricias. Cerró los ojos y saboreó el contacto de las manos de Luc sobre su piel.

–Te deseo más de lo que he deseado nunca a nadie –susurró él, antes de besarle suavemente la sien y la delicada mandíbula–. Me marché porque no quería hacerte más daño del que ya había hecho, pero no hago más que regresar a tu lado. No te puedo dejar en paz, aunque sepa que es lo que debo hacer.

–En ese caso, no lo hagas... No me dejes en paz...

Abby se acercó a él y lo besó. Deseaba tanto aquel contacto... Lo necesitaba desesperadamente.

El pequeño dormitorio de la casita distaba mucho de la suntuosa suite en la que habían estado en París, pero no importaba. Por lo demás, todo parecía lo mismo entre ellos, pero distaba mucho de ser así. Abby era diferente. Era una mujer más fuerte.

–Llevo tanto tiempo soñando con esto –susurró Luc.

–Yo también –confesó ella mientras comenzaba a desabrocharle los botones de la camisa.

En un instante, los dos estuvieron completamente desnudos. Luc la reclamó con un beso mientras los dos se dirigían a la cama. Allí, siguió besándola y acariciándola, atesorándola con las manos mientras ella gozaba como respuesta. Cuando llegó el momento en el que sus cuerpos debían unirse, Abby no tuvo miedo aunque sabía que habría alguna clase de dolor. Fuera cual fuera la incomodidad que sintió, ésta desapareció rápidamente cuando se dio cuenta de que aquello era precisamente lo que le faltaba para estar completa.

Después, permaneció en el refugio de los brazos de Luc durante unos minutos. A continuación, se volvió para acariciar suavemente el rostro y vio que tenía los ojos cerrados, aunque estaba completamente segura de que no estaba dormido. Tal vez lo fingía para evitar una conversación incómoda.

¿Qué podían decir? ¿Qué más había que decir? Luc le había dejado muy claro que no podía darle más que lo que acababan de compartir, una segunda noche de placer, la culminación de lo que no había podido ser hacía algunos meses.

Abby se preguntó si había merecido la pena. La respuesta fue inmediata. Sí. Había merecido la pena, aunque se sintiera siempre triste por querer más.

Debió de quedarse dormida porque cuando se despertó el dormitorio estaba solitario y oscuro. Luc se había ido. Se sentó en la cama y se puso la camiseta. Aquélla era su casa. ¿Se habría marchado también de su propia casa? Ya lo había hecho antes. La suite del hotel también había sido suya. ¿Habría sido capaz de dejarla una segunda vez?

Bajó lentamente las escaleras y lo vio sentado en el pequeño salón, con un vaso de whisky entre las manos. Tenía una expresión distante y sombría en el rostro.

Abby permaneció allí unos instantes, observándolo.

De repente, él levantó la cabeza y la miró. Los dos intercambiaron un océano de palabras sin necesidad de hablar. Cuando él por fin se decidió a hacerlo, sus palabras sonaron como una orden y una súplica a la vez.

–Ven aquí.

Abby hizo lo que él le había pedido. Ni siquiera se lo pensó. Simplemente se acerco a él y se colocó frente al sillón. Luc la hizo sentarse sobre su regazo. Ella se acurrucó contra su pecho, apretando la mejilla contra el fuerte torso de Luc. Él le acarició suavemente el cabello con un suave movimiento, repetitivo, casi empujándola a dormir. Ninguno de los dos habló.

El silencio se alargó en el tiempo, convirtiéndose en algo doloroso y molesto por la falta de palabras. A Abby le dolía el corazón de tanto prepararse para afrontar las disculpas y las explicaciones que estaba segura de que Luc estaba a punto de darle. No fue así. Abby se preguntó si él se había dado cuenta de lo que ella estaba pensando, si conocía todas las cosas que no quería escuchar.

Después de otro largo instante, Luc se movió. Sin dejar de abrazar a Abby, se puso de pie y comenzó a subir las escaleras con ella en brazos.

La colocó sobre la cama y la miró a los ojos, suplicando así comprensión, perdón. Abby se lo dio. Lo abrazó con fuerza y le dio un beso interminable. Si aquello era lo único que Luc era capaz de darle, se conformaría con ello. Haría que aquel momento, que aquella noche, duraran para siempre. Se lo grabaría en la memoria y lo escribiría en su corazón. Cuando Luc se tumbó en la cama a su lado y profundizó el beso, Abby comprendió que se trataba de una despedida.

Cuando volvió a despertarse, Luc estaba durmiendo

junto a ella sobre la cama. Su rostro parecía muy relajado por el sueño. Abby se apoyó sobre un codo y lo observó durante un instante, saboreando el gesto de paz y felicidad que se había reflejado en el rostro. Le acarició la mejilla suavemente con un dedo para así poder recordar su tacto para siempre. Él se rebulló ligeramente con la caricia por lo que ella apartó la mano de mala gana.

Entonces, antes de que el valor le fallara, se levantó de la cama y se puso rápidamente la ropa. Luc volvió a moverse y, antes de que se despertara, Abby se marchó precipitadamente del dormitorio. No miró atrás.

Capítulo 8

ABBY tardó seis semanas. Seis semanas lamentándose de su decisión de haberse marchado mientras Luc dormía. Seis semanas sabiendo que sólo había tenido una opción, a pesar de que su corazón le dijera todo lo contrario. Seis semanas queriendo que Luc volviera a buscarla o que la llamara o que la escribiera... Algo, aunque sabía de todo corazón que él no iba a hacerlo. Jamás. El silencio resultó completo e interminable.

Seis semanas para darse cuenta de que la noche que pasaron juntos había tenido más consecuencias que un corazón roto.

–¿Has estado cocinando con cebolla? –le preguntó a Grace una tarde

Grace levantó el rostro del quiche que estaba sacando del horno.

–Corté una cebolla hace más de cuatro horas. ¿Te refieres a eso?

–Supongo. Por alguna razón, ese olor me repugna últimamente.

Grace se echó a reír.

–Si no te conociera mejor, diría que estás embarazada –comentó. Al escuchar aquellas palabras, Abby se quedó petrificada. Grace se interrumpió el seco–. Abby...

–Está bien –dijo ella, tratando de sonreír. Sin embargo, su esfuerzo resultó en vano. No engañó a Grace ni por un instante.

–Abby –susurró Grace antes de darle un abrazo–. Lo siento. Ha sido muy desagradable por mi parte. No creía que estuvieras viendo a nadie.

–Y no lo estoy...

–Eso también ha estado mal. Dios santo, no estoy acostumbrada a esto. ¿Qué vas a hacer? Evidentemente, existe la posibilidad de que...

–Supongo que sí –afirmó Abby. Luc había utilizado preservativo, pero no eran infalibles. Ocurrían los errores. Se llevó las manos instintivamente al vientre, como si la pequeña vida, si es que existía, pudiera oír aquellas terribles palabras de sus pensamientos.

–Creo que es mejor que vayas a comprar una prueba de embarazo. Hoy en día son muy rápidas y muy de fiar.

–Es cierto...

De repente, Abby sintió que su cuerpo le gritaba la verdad. Las náuseas, la fatiga, la ropa más apretada... No lo había asociado porque jamás se le habría ocurrido ni por un solo instante que pudiera estar embarazada. Sin embargo, cuando Grace lo dijo en voz alta, la posibilidad resultó plenamente evidente.

Embarazada. De Luc.

Miró a Grace, quien a su vez la estaba observando con gran preocupación, y sonrió.

–Sí, bueno... Creo que en ese caso será mejor que vaya a la farmacia.

–¿Quieres que te acompañe?

–No. No, gracias. Lo haré sola.

Así fue. Se marchó en su coche a la farmacia que

había en Helston. Realizó el trayecto de diez minutos sin darse cuenta de nada. No hacía más que pensar en una sola palabra. Embarazada. Embarazada. Embarazada.

Tras comprar la prueba de embarazo en la farmacia se dirigió a un café y allí, en el cuarto de baño, se hizo la prueba. No podía soportar el hecho de volver al lado de Grace y tenerla pendiente mientras la realizaba.

Sólo tardó unos minutos. Unos minutos y luego una eternidad en aceptar la realidad. Dos líneas sobre la barrita de plástico. Estaba embarazada.

Salió del cuarto de baño y regresó junto a Grace. En cuanto la mujer le vio el rostro, le dio un fuerte abrazo.

–Ay, cariño mío... –susurró–. ¿Sabes que te apoyaré al cien por cien decidas lo que decidas?

Abby asintió aunque sabía que ya no tenía elección. Aquella pequeña vida dentro de ella había echado raíces, había comenzado a crecer. Él o ella eran parte de su ser, parte de Luc. Tendría el bebé. Tendría el bebé de Luc.

Mientras desayunaba en la suite de su hotel de París, Luc se dirigió a las páginas de cultura del periódico sin pensar. Lo hacía siempre. Examinaba por encima los titulares con aire distraído, incapaz de reconocer qué era lo que estaba buscando.

Entonces, lo vio.

¿Está embarazada Prodigio del piano?

La foto que acompañaba el artículo mostraba a Abby paseando por las calles de Londres. El periódico había añadido un círculo rojo para destacar el ligero abultamiento del vientre.

Al comprender lo ocurrido, Luc empezó a preguntarse por los motivos por lo que Abby pudiera estar en Londres. ¿Qué había ocurrido? ¿Qué estaba haciendo?

Leyó el artículo en cuestión de segundos. Se trataba simplemente de una especulación sobre la repentina retirada de Abigail Summers de los escenarios, de sus decepcionantes últimas representaciones y de su misteriosa reaparición en Londres aquella semana.

Luc supo enseguida, sin temor a ninguna duda, que si Abby estaba embarazada, el hijo tenía que ser suyo. Apartó rápidamente el periódico y se levantó. Tomó su teléfono móvil y con celeridad marcó un número. Cuando su ayudante respondió, le dijo:

–Necesito el avión. Para esta misma mañana.

–Está en Aviñón y ya es mediodía.

–Haz que lo traigan a París a las cuatro en punto. Quiero estar en Cornualles a las seis –ordenó con impaciencia.

–*Oui, monsieur le Comte.*

Luc cerró el teléfono y miró hacia el río Sena. Los cerezos estaban empezando a florecer. Entonces, se apartó de la encantadora imagen y se dispuso a prepararse para su viaje a Inglaterra.

Cornualles estaba ya en plena primavera. Mientras Luc avanzaba por la carretera, fue testigo de las flores que inundaban los campos que la rodeaban. Había alquilado un piso de un edificio en otro lugar, dado que Corner Cottage ya estaba alquilado. Tal vez era mejor. El pasado no se podía revivir ni recuperar.

Lo que había habido entre ellos era pasado. Se había terminado. Lo había comprendido cuando Abby se marchó de su cama seis semanas atrás. Aquella huida había sido un adiós elocuente y silencioso. Luc sabía que eso había sido lo mejor para ambos. Tenía que serlo.

Sin embargo, si era cierto que estaba embarazada de él, eso lo cambiaba todo, aunque Luc no estaba seguro de cómo. No podía casarse, no podía entregarse, no podía amar, pero también sabía que tenía una responsabilidad para aquel niño y que no podía deshacerse de ella. En aquella ocasión no. Agarró con fuerza el volante. Necesitaba saber la verdad. Necesitaba encontrar a Abby.

El atardecer estaba empezando ya a teñir el cielo de color violeta cuando Abby entró en la casa en la que tenía alquilada una habitación. Aunque su alojamiento era muy básico, resultaba acogedor y pintoresco. Después de años vividos en hoteles, prefería aquella cómoda habitación tan acogedora y tan hogareña.

Al llegar a su dormitorio, lanzó un suspiro de cansancio y se llevó las manos a la parte baja de la espalda. Frotó el dolor que se le había alojado allí desde que se enteró por primera vez que estaba embarazada hacía más de tres meses.

–Hola, Abby.

Abby dejó escapar una exclamación de sorpresa y se dio la vuelta. Luc estaba sentado en una silla, con las piernas cruzadas y una mano bajo la barbilla. En aquella penumbra, Abby no podía leer la expresión de su rostro, pero sabía que no se trataba de nada bueno. Su voz resultaba demasiado neutral.

–¡Luc! ¿Cómo has entrado?

–Los vecinos de este lugar son muy simpáticos, en

especial cuando les dije que te quería dar una sorpresa...
dado que soy el padre de tu hijo.

Abby lanzó un gruñido y encendió la luz de la mesilla de noche. No sabía qué decir ni qué sentir. Se sentía dividida entre la furia, el miedo y una alegría completamente irracional al verlo.

—Estoy segura de que les resultaste bastante intimidante.

—Puede. Veo que no has corregido mi afirmación. ¿Soy yo el padre de ese niño? —le preguntó señalándole el vientre.

—¿Y si lo es el otro amante que tuve mientras tú estabas aquí? —comentó ella, con ironía.

—No seas sarcástica, Abby.

—No me digas lo que tengo que ser —le espetó ella—. No tienes derecho.

—¿Y eso? —comentó él. Entonces, entornó los ojos con un gesto que le daba una apariencia peligrosa—. Deja que te pregunte por tus derechos. ¿Acaso lo es el no decirme lo de mi hijo?

Abby se echó a reír.

—Qué cara tienes, Luc. Ni siquiera sé tu apellido ni dónde vives, aparte de que tu casa está en el Languedoc, si es que realmente vives allí. No sé nada sobre ti. Así que, ¿cómo se supone que tenía que decirte lo de tu hijo?

—Le di mi nombre a tu jefa cuando le encargué las comidas para Corner Cottage. Podrías habérselo preguntado a ella.

—Sí, podría haberlo hecho. Tal vez debería haberlo hecho, pero, francamente, me ha dado la impresión de que no querías que te encontrara y no creo que yo deba convertirme en Sherlock Holmes para encontrarte.

Luc se levantó de la silla y se acercó a Abby.

–Creo que eso de Sherlock Holmes es un poco exagerado. Además, ¿quién era la que no quería que la encontraran? ¿Quién se marchó en medio de la noche en esta ocasión, Abby?

–No resulta agradable, ¿verdad?

–Entonces, ¿se trataba de eso? ¿De venganza?

–No, en realidad, no –suspiró. De repente, se sentía muy cansada–. No sé qué fue –añadió. Le dolía mucho la espalda, por lo que decidió tomarse un paracetamol. Comenzó a buscarlo en el armario que tenía sobre el lavabo–. Simplemente no quería estar allí por la mañana para que me volvieras a decir por qué no podías darme lo que yo necesitaba y todo eso. Y yo tendría que asentir y sonreír y decir que te comprendía perfectamente porque, después de todo, ya sabía en lo que me estaba metiendo, ¿no?

–¿Es eso lo que crees que habría ocurrido?

–¿Me estás diciendo que no habría sido así?

Luc movió lentamente la cabeza.

–Lo que importa ahora es el hecho de que estás embarazada y que ese hijo es mío. Esto lo cambia todo.

–Pues yo no veo cómo cambia nada –replicó ella. Llenó un vaso con agua del grifo y se tomó dos pastillas. Se sentía completamente agotada.

–¿Por qué estabas en Londres? ¿No estarías tratando de...?

–¿Abortar? –le preguntó. Entonces, se señaló el abultado vientre–. Evidentemente no.

–Sería terrible que te deshicieras de mi hijo sin que yo lo supiera.

–Casi tanto como dejarme completamente desnuda en la suite de tu hotel y dejar que me despertase la doncella...

–Siento que fuera así, pero creo que ya hemos hablado de eso, Abby. Ya me he disculpado. ¿Vamos a seguir hablando de lo mismo?

–No. De hecho, no tenemos por qué hablar de nada –dijo ella. Se dio la vuelta.

–¿Por qué estás tan enojada conmigo, Abby? Estás más enfadada ahora que nunca. ¿Es el niño...?

–No, no es el niño, Luc. Es... –susurró. Se sentía completamente agotada, tanto que casi no podía ni hablar–. No sé lo que es, Luc. Las hormonas del embarazo. Lo único que estoy diciendo es que no me gusta cómo entras y sales de mi vida según te conviene. Yo nunca sé si vas o vienes ni cuándo ni nada...

–No fui yo el que se marchó la última vez...

–Sólo hubiera sido cuestión de tiempo. Pero eso ya no importa. Lo pasado es pasado.

–Sí. Y es el futuro en lo que deberíamos estar pensando.

Abby sintió miedo. Por supuesto. Resultaba evidente que Luc había regresado porque, de algún modo, había descubierto que ella estaba embarazada y eso sólo podía significar una cosa. Sentía que era responsable de ese niño. Lo que había que averiguar era lo que aquello significaba en realidad. ¿Quería formar parte de la vida de su hijo? ¿De la de ella?

Era demasiado para asimilar, para aceptar. Abby sintió una doble oleada de náuseas y de mareos. Cerró los ojos y se tambaleó sólo durante un instante, pero Luc se dio cuenta.

–*Mon Dieu*... Parece que te vas a desmayar.

–No –susurró Abby mientras buscaba a tientas una silla–. Simplemente estoy cansada y tengo que sentarme. No he comido...

–¿Me estás diciendo que estás embarazada de cuatro o cinco meses y que no has comido?

–De cinco –replicó ella, tomando asiento por fin–. Y lo que iba a decir antes de que me interrumpieras era que hace varias horas que no he comido. Necesito picar algo. Tengo unas galletas saladas en el bolso, si no te importa dármelas.

–Toma –le dijo Luc después de buscar las galletas en el bolso.

–Gracias.

–¿Has cenado? Si en este pueblo hay un pub o un restaurante...

–Así conseguiremos que todo el mundo hable.

–Me importa un comino lo que tengan que decir un puñado de pescadores y de veraneantes o cualquier otra persona. Tienes que comer.

–¡Vaya! Veo que has adoptado el rol de macho dominante y protector conmigo, ¿verdad?

–Se trata de sentido común.

–Está bien, pero, dado que ha sido idea tuya, pagas tú.

Abby se levantó y tomó su bolso. Luc le abrió la puerta del dormitorio. La casa estaba a oscuras y, a tientas, Abby trató de encontrar el interruptor de la luz de la escalera.

–¿Es que no vive nadie más aquí?

–No. Es una casa de vacaciones. Los dueños vienen los fines de semana y durante el verano, pero les gusta que yo le eche un vistazo a la casa a cambio de un alquiler más bajo y del uso de la cocina.

–¿Estás sola entonces?

–Sí, pero como soy una mujer adulta e independiente, creo que me las puedo arreglar.

Luc no respondió. Abby se preparó para más preguntas como aquélla. Evidentemente, Luc iba a encontrarle problemas a cada aspecto de su vida ahora que estaba embarazada de su hijo.

Se dirigieron en silencio al único pub del pueblo. Luc abrió la puerta y le indicó que entrara ella primero.

–Gracias.

Luc se dirigió a hablar con el dueño y en cuestión de minutos consiguió que les prepararan un reservado en la parte trasera del pub.

–¿Has pedido también? –preguntó mientras se dirigían hacia la sala en cuestión.

–Sí. La sopa de carne y verduras –replicó Luc–. Evidentemente, tienes que fortalecerte.

Abby sacudió la cabeza y se quitó el abrigo mientras examinaba la sala a la que habían entrado.

–Gracias por la consideración...

–Has perdido tu inocencia.

–Eso ocurrió hace ya mucho tiempo –replicó ella tocándose la barriga.

–No me refería a eso. Cuando te conocí en París, eras una soñadora, te gustaba todo... Ahora pareces más... cínica.

–Sólo soy realista.

–¿Fue por mí? ¿Por lo que ocurrió entre nosotros?

–Fue por muchas cosas, Luc. Por supuesto, tú formaste parte de ello aquella noche, pero también lo fue el hecho de enterarme de que había perdido todo el dinero que creía que tenía. Perder la alegría de la música, perder todo sobre lo que había basado toda mi existencia. No soy cínica ni siquiera realista. Simplemente soy yo. No estoy segura de que supiera ni siquiera quién era hasta que dejé de tocar el piano. Al fin siento que tengo libertad para ser yo misma, para decir lo que quiero, hacer lo que quiero, porque no hay expectativas. No hay reglas. No hay presión del público ni de la prensa. No creo que te puedas imaginar siquiera lo agradable que es eso.

–¿Has vuelto a tocar el piano?

No. Es mejor así... por ahora –dijo. Lo que no le contó a Luc fue que, a veces, soñaba que tocaba el piano y se despertaba con los brazos extendidos.

–Eres feliz...

–Estoy satisfecha. Te seré completamente sincera y diré que no quiero llevar cajas de un lado para otro durante el resto de mi vida, ni siquiera en un lugar tan hermoso como Cornualles. Pero por el momento...

–¿Me estás diciendo que estás embarazada de cinco meses y que sigues cargando con cajas?

–Se lo pregunté a la matrona y me dijo que no pasa nada mientras no me esfuerce demasiado con el peso.

–Abby, estás haciendo un trabajo físico muy pesado. ¡Eso no puede estar bien! –exclamó Luc–. No voy a permitirlo.

–¿No? ¿Y cómo tienes intención de impedírmelo?

Luc lanzó una maldición en voz baja.

–¿Quieres que te arrastre por el cabello? ¿O que te encierre en tu dormitorio? ¿Podemos ser más bien razonables sobre este asunto?

Abby sonrió por primera vez en días. Tal vez incluso en semanas.

–Depende de cuál sea tu definición de razonable.

–Me gustaría que no hicieras trabajos pesados. Y que no vivieras sola. Te has mareado. ¿Qué pasaría si te volvieras a marear, por ejemplo, en las escaleras?

–Eso no va a ocurrir.

–No lo sabes. ¿Y quién está a tu lado para ayudar? Conocí a tu jefa cuando vine aquí hoy. Es una mujer bastante agradable, pero tiene mal la espalda, como seguramente sabes. Ella puede hacer muy poco.

–No necesito a Grace para que haga nada.

–¿Tienes otros amigos o personas a las que puedas llamar?

–Sí, por supuesto que sí –replicó, pero las palabras de Luc consiguieron su objetivo. Tal vez tenía amigos, pero no la clase de personas a la que uno llama cuando se tiene una crisis o en mitad de la noche. Más que amigos, se podía decir que eran tan sólo conocidos.

–Sea como fuera, no estamos hablando del tema principal y ése es qué vamos a hacer después de que nazca el niño.

Un camarero acudió con su comida, lo que le dio a Abby un instante para reorganizar sus pensamientos. ¿A qué se refería con eso de «vamos»? Ella lo comprendió enseguida. En aquella ocasión no pensaba marcharse, pero sólo por el bebé. No por ella.

Ésa era la razón por la que Abby no había tratado de localizarlo después de enterarse de que estaba embarazada. No quería convertirse en una obra benéfica para Luc.

Cuando el camarero se marchó, comenzó a juguetear con la comida. No tenía apetito. No se le ocurría nada que pudiera decirle a Luc, pero él, aparentemente, no tenía problema alguno.

–El hecho de que yo vaya a formar parte de la vida de mi hijo queda fuera de toda duda –dijo él.

–Sí, claro, lo comprendo. Tal vez podamos organizar visitas algún que otro fin de semana...

–Ni hablar, Abby. No me vas a contentar con eso de algún que otro fin de semana.

–Si no tenías nada que ofrecerme a mí, Luc, ¿por qué ibas a tener algo para mi hijo?

–Nuestro hijo –le corrigió él.

Abby supuso que esa corrección lo decía todo. Cerró los ojos y trató de sobreponerse una vez más al agotamiento.

–A decir verdad –dijo por fin–, no había pensado mucho más allá del nacimiento del bebé. He estado bastante enferma, bueno, no enferma de verdad, pero he tenido muchas náuseas. No he podido pensar en mucho más que en el día a día. Supongo que eso tendrá que cambiar –admitió.

–Sí.

–Sin embargo, aún no sé cómo y no estoy preparada para decidirlo todo esta noche.

–Como desees. Puedo estar aquí una semana y luego debo regresar a Francia. Tenemos un poco de tiempo.

–Un poco...

Tomaron el resto de la cena en silencio. Abby no pudo evitar recordar la primera vez que cenaron juntos, en París. Las horas pasaron volando y ella jamás sintió que le faltaran las palabras.

–¿Qué es lo que pasa? –le preguntó Luc. Ella se dio cuenta de que había dejado escapar un suspiro de anhelo por el pasado sin querer.

–Simplemente estoy cansada. Debería irme a la cama.

Luc asintió. En pocos minutos, pagó la cena y la acompañó a la salida. Le había rodeado los hombros con un brazo. Lo dejó caer cuando salieron afuera. Abby se echó a temblar por el fresco aire de marzo. Sin el contacto de Luc, se sentía a la deriva. Además, no podía dejar de preguntarse qué había pasado con aquellas dos personas que tanto habían disfrutado de su primera noche juntos.

Ella, ciertamente, era una persona completamente diferente. Más adulta, más práctica, tal vez incluso más cínica como le había dicho Luc, más a cargo de su vida y de su propio destino... ¿A quién estaba tratando de engañar? No estaba a cargo de nada. Luc acababa de decirle que estaría implicado en la vida de su hijo, que no quería que trabajara para Grace. Básicamente, acababa de decirle que él sería quien se ocupara de todo en lo sucesivo, pero Abby no estaba segura de tener las fuerzas suficientes para oponerse a él.

Cuando llegaron a la casa donde vivía Abby, Luc le dijo:

—Esperaré a que hayas entrado y luego me marcharé.

—Por supuesto.

—Hablaremos mañana.

—Está bien.

Ella sacó la llave del bolso y trató de abrir la puerta, pero, por el estado de ansiedad en el que se encontraba, no pudo abrirla. La mano de Luc no tardó en cubrir la suya.

—Permíteme.

—¡Estoy bien! —protestó ella.

Observó cómo él abría la puerta sin ningún esfuerzo. Se volvió para mirarlo. La mano de Luc seguía en la puerta, por lo que se podía decir que estaba prisionera de su cuerpo. El deseo se apoderó de ella sin que lo requiriera.

–No sé si voy a poder hacer esto –dijo.

–He venido para ayudarte –replicó él. Entonces, levantó la mano y le tocó suavemente la mejilla.

–No estoy hablando del lado más práctico –afirmó–, sino de esto, Luc. O del hecho de que no hay «nosotros». Nunca lo hubo. Tan sólo dos noches. Esto es todo. Resulta muy duro.

–Yo trataré de hacer que las cosas te resulten tan fáciles y tan cómodas como sea posible. Me temo que es lo único que puedo hacer.

Abby asintió. De repente, sintió un nudo en la garganta. Suponía que era culpa suya por sentirse así. Sentía demasiado cuando Luc ni siquiera podía sentir lo suficiente. De alguna manera, tendría que superarlo, apartar las emociones, el dolor y, sobre todo, la traicionera esperanza que sentía sólo por estar a su lado.

Con tristeza, pensó cómo en un momento del pasado habría soñado con un encuentro como aquél. Estaba embarazada del hijo de Luc y él estaba con ella, listo para amar y proteger al bebé, por supuesto, no a ella. Nunca a ella. Asintió en silencio como señal de aceptación de la propuesta de Luc y se preguntó cuándo y cómo se había estropeado todo de un modo tan terrible.

Capítulo 9

POR SUPUESTO, ocurrió en las escaleras, tal y como Luc se había temido. Después de una larga noche sin dormir, Abby se saltó el desayuno en un intento por llegar a la casa de Grace para empezar sus rondas a tiempo. Iba bajando rápidamente las escaleras, con las llaves del coche en la mano y la parca sobre el otro brazo cuando, de repente, sin saber con certeza lo que ocurrió, el mundo se oscureció. Ya no fue consciente de nada.

Cuando se despertó, sentía como si estuviera nadando hacia la superficie del agua, tras la cual se veía la imagen borrosa del sol. Abrió los ojos lentamente, parpadeando varias veces para que el mundo volviera a centrarse. Estaba en una cama de hospital. Luc estaba sentado a su lado.

Parpadeó un par de veces más y vio que él estaba muy tenso. Estaba sentado hacia delante, con los antebrazos apoyados sobre los muslos y una expresión feroz en el rostro.

–Venga ya... Estoy segura de que no tengo tan mal aspecto –bromeó, tratando de sonreír.

–Llevas más de una hora inconsciente.

–¿De verdad?

–Sí, de verdad. Te encontré sin conocimiento al pie

de la escalera. ¡Tienes suerte de no haberte roto el cuello!

—Y de que la puerta estuviera abierta.

—Así es. Por cierto, ¿por qué estaba la puerta abierta? ¿La dejaste abierta toda la noche? Cualquiera podría haber...

No hay más que setenta y cinco vecinos en el pueblo, Luc –dijo. De repente, se colocó la mano en el vientre y experimentó un pensamiento nuevo y aterrador–. ¿He...? ¿El bebé está...?

—La doctora pudo escuchar el latido del corazón del bebé en cuanto te traje –le informó Luc–. Todo parece estar bien, pero quiere hacer una ecografía por si acaso.

Abby asintió. La posibilidad de haberle hecho daño a su bebé la llenó de ansiedad y de miedo a pesar de que el peligro ya había pasado.

Unos minutos más tarde, la doctora entró en la habitación. Se trataba de una esbelta mujer de unos treinta años.

—Nos ha dado un buen susto –dijo mientras aplicaba un montón de gel sobre el vientre desnudo de Abby–. Le hemos hecho un análisis de sangre y está usted un poco anémica. ¿Se ha estado tomando las vitaminas que se le recetaron?

—Sí, todos los días.

—En ese caso, añadiremos un suplemento de hierro. Ahora, echemos un vistazo, ¿le parece?

Tomó el mando del ordenador y comenzó a moverlo por encima del vientre de Abby. Un segundo más tarde, una imagen algo borrosa en blanco y negro apareció en la pantalla. Abby contuvo la respiración al ver a su hijo moviendo las piernas y los brazos y el pequeño corazón latiendo con fuerza y gran velocidad.

–Parece que el niño está perfectamente –dijo la doctora con una sonrisa.

–¿Se trata de un niño?

–Bueno, hablaba genéricamente, pero se lo podré decir con toda seguridad si quiere. En primer lugar, comprobemos que todo está bien. De todos modos, tenían que hacerle la ecografía la semana que viene, así que la haremos ya.

Abby asintió muy contenta y escuchó encantada cómo la doctora iba enumerando todas las partes del cuerpo del bebé. Todas estaban sanas y se desarrollaban con normalidad.

–Eso es maravilloso –susurró Abby mirando a Luc. Él miraba la pantalla del ordenador como si estuviera hipnotizado–. No me puedo creer que se esté moviendo tanto. Yo no noto nada.

–Lo notará muy pronto. Vaya, aquí hay algo que podría ser motivo de preocupación –dijo la doctora señalando la pantalla. Abby contuvo el aliento y se aferró con fuerza a la sábana que cubría la cama. Se tranquilizó un poco cuando sintió la mano de Luc sobre la suya–. Tiene placenta previa parcial. Es algo bastante común. Lo que ocurre es que la placenta bloquea parte de la cérvix. Supone un ligero peligro para el bebé durante el parto, por lo que tendremos que controlarlo. Con un poco de suerte, se resolverá solo antes de que termine el embarazo, así que no tendremos que preocuparnos. Sin embargo, tendrá que tomarse las cosas con calma hasta entonces –explicó, sonriendo a Abby amablemente–. Nada de subir y bajar corriendo las escaleras, ni levantar objetos pesados y, desgraciadamente, nada de sexo –añadió, mirando a Luc–. Le daremos cita para otra ecografía dentro de un mes. Para entonces, podría haberse solucionado. Ahora, ¿quieren ustedes saber si van a tener un niño o una niña?

Abby miró a Luc.

–¿Quieres saberlo? –le preguntó.

Él dudó un instante antes de asentir muy emocionado.

Sí.

–Una niña –anunció la doctora–. Van a tener una hermosa niña.

Una niña. Una hija. Luc casi no podía creérselo. La cabeza le daba vueltas mientras ayudaba a Abby a levantarse de la cama y la ayudaba a salir del hospital. Tenía una hija.

–Deberías comer algo –le dijo a Abby.

Estaba demasiado pálida. El momento en el que Luc la vio al pie de las escaleras había sido el peor de su vida, el segundo peor en realidad. Estaba completamente inmóvil, pálida y tan hermosa y frágil como una muñeca. Durante un horrible instante pensó que ella estaba muerta y le pareció que el mundo se detenía por completo.

Entonces, ella dejó escapar un ligero gemido y Luc se puso manos a la obra. La tomó en brazos. La cabeza de Abby cayó hacia atrás, dejando al descubierto la larga y vulnerable columna de la garganta. Luc se sintió presa de la desesperación.

«Otra vez no... esta vez no...».

Se sintió desesperado, inútil. Luego, vinieron los sentimientos de responsabilidad y de arrepentimiento. Debería haberla obligado a que se quedara con él. O él debería haber estado a su lado. Debería... Debería... Tantos deberías.

Le dolía sentir tanto, temer tanto. La hora que pasó en la habitación del hospital con ella inconsciente, fue una completa agonía para él. Sin embargo, cuando Abby abrió los ojos, se sintió como si le volviera la vida.

—Podemos parar en la farmacia para comprar las pastillas de hierro —le dijo a Abby mientras la ayudaba a entrar en el coche—. Y luego iremos a almorzar algo.

—Tengo que ir a ver a Grace —murmuró Abby.

—Tendrás que decirle que lo dejas

—Supongo.

—Nada de supongo.

—Ay, Luc... Déjalo estar, ¿de acuerdo?

—Está bien, pero tenemos que tomar algunas decisiones muy pronto —dijo. En aquella ocasión, pensaba cuidar de Abby. No le pasaría como con Suzanne, pero, aun así, decidió que tenía que tranquilizarse.

—Muy bien —murmuró. Parecía estar casi dormida.

Efectivamente, Abby se sentía muy cansada. Además, no podía cuidarse sola. Necesitaba a Luc, aunque no quería hacerlo. No quería depender de él. Ser una carga. No podía pensar más ni considerar las implicaciones de lo ocurrido. Cerró los ojos.

Llegaron a la casa. Luc ayudó a Abby a descender del coche. No habló y Abby agradeció el silencio. Dejó que él la ayudara a subir las escaleras. En realidad, no le quedó elección. Después la tumbó en la cama. Abby se comportó tan dócilmente como un niño.

Luc se marchó murmurando que volvería pronto. Abby debió de quedarse dormida porque, cuando se despertó, el sol se estaba empezando a ocultar. La habitación estaba sumida en una suave penumbra.

—¿Luc?

—Estoy aquí —dijo él encendiendo la lámpara. Abby le sonrió. Estaba muy contenta de verlo—. Te he traído un poco de sopa si te apetece. Creo que ese golpe en la cabeza fue un poco más fuerte de lo que habíamos pensado, aunque los médicos han dejado muy claro que no era nada grave.

—En realidad, estoy muerta de hambre.

—Eso es buena señal. Espera un momento —dijo.

Se marchó de la habitación y regresó unos minutos más tarde con una bandeja. Abby miró ávidamente el bol de sopa y el trozo de pan, acompañados de una taza de té, dulce y con una buena nube de leche, tal y como a ella le gustaba. Sintió que los ojos se le llenaban de lágrimas. No podía soportar que él fuera tan amable, tan considerado, aunque no podía dejar de olvidar que sólo lo hacía por el bebé. Abby quería que lo hiciera por ella.

Quería que la amara.

Apartó estos pensamientos y sonrió.

—Gracias. Parece deliciosa.

—Cortesía del pub. La cocina no es uno de mis talentos.

—Tampoco uno de los míos.

—Sí, lo recuerdo. Aprender a cocinar estaba justo en segundo lugar después de aprender a volar una cometa en la lista de las cosas que querías aprender a hacer.

—Y que aún no he aprendido...

—Abby, tenemos que hablar sobre el futuro. No puedes seguir así. Lo entiendes, ¿verdad?

—Comprendo que no puedo seguir cargando cajas.

—Ni viviendo sola ni trabajando como lo has estado haciendo. Nada de eso. Ya has oído a la doctora.

—¿Y entonces? ¿Qué se supone que tengo que hacer? ¿Permanecer tumbada en la cama cuatro meses?

–No, por supuesto que no, pero necesitas descansar y relajarte, sin tener que preocuparte por el dinero ni por nada de eso.

–Pues qué bien, aunque...

–Quiero que vengas a Francia conmigo –la interrumpió Luc.

–No creo que eso sea una buena idea.

–Es la única solución factible. Yo no me puedo quedar en Cornualles y, de todos modos, no hay nada que te obligue a quedarte aquí.

–¿Y mi trabajo? ¿Y Grace?

–Tu trabajo ha terminado ya. Y Grace puede ir a visitarte si tanto significa para ti. Tienes que cuidarte.

–No soy ninguna inválida...

–Todavía no, pero estás anémica y completamente agotada. Además, tienes un problema que requiere cuidados. ¡Sabes que tengo razón! Acepto que no quieras estar conmigo, dado que eso sería bastante incómodo para ambos, pero, por el bien del niño, estoy seguro de que los dos podremos pasar por alto esta ligera inconveniencia y hacer lo que debemos.

–Tiene que haber otras opciones –dijo Abby.

–Tú dirás. Podrías irte a vivir con tu madre.

–No. Está demasiado ocupada.

–Entonces con tu padre.

–Está de gira.

–¿De gira?

–Resulta que el hecho de que yo me retirara ha sido lo mejor para ambos. Ha vuelto a tocar y lo eligió un agente. Va a estar cuatro meses de gira. Por esto estaba en Londres.

–Es una buena noticia.

–Sí...

Eso significaba que no tenía a nadie con quien alojarse. Significaba que tenía que depender de Luc.

–Podrías contratar a una profesional.

–¿Te refieres a una enfermera? Ya te he dicho que no soy ninguna inválida.

–Por supuesto que no.

Abby estuvo unos minutos arrugando la colcha suavemente entre los dedos. De repente le preguntó:

–¿Por qué estás haciendo esto, Luc? ¿Por qué te preocupas? Me dijiste que no me podías dar más. Entonces, ¿por qué te importa dónde estoy o lo que hago? ¿O acaso esto no tiene nada que ver conmigo, sino tan sólo con el bebé? ¿Haces todo esto sólo por el bebé?

Luc permaneció en silencio durante un largo instante durante el cual estuvo mirando por la ventana.

–He cometido errores muy graves en mi vida –dijo por fin–. No quiero que vuelvan a repetirse.

–¿Estás... estás hablando de tu esposa?

–Suzanne –dijo él, sin emoción alguna.

Suzanne. Así se llamaba. Esperó a que él continuara. Sin embargo, cuando él habló, no fue sobre el tema que ella esperaba.

–¿Por qué no te vienes a Francia conmigo, Abby? Podrás relajarte, descansar. Haré todo lo que esté en mi mano para que te encuentres cómoda.

Excepto darle cariño. Excepto amarla. Se mostraría considerado, solícito, pero Abby sabía que no podría soportarlo.

–¿Y qué voy a hacer yo en Francia, además de estar todo el día sentada, claro está?

–Bueno, por ejemplo podrías aprender a cocinar. Ya te he dicho que yo no sé cocinar. Nos vendría bien alguien que se ocupara de las comidas.

–Seguramente tienes ama de llaves.

–Ella sólo se ocupa de la ropa y de la limpieza.

Abby se echó a reír. De repente, se alegró mucho de que Luc no fuera a apiadarse de ella.

–Entonces, ¿quieres que trabaje para ti?

–En realidad, no. No tenía pensado pagarte.

Abby soltó una carcajada. Se reclinó sobre las almohadas y cerró los ojos, rezando para que no terminara enamorándose de Luc.

–Dime que sí, Abby –murmuró él–. Quiero que vengas. Quiero que vengas conmigo.

Abby abrió los ojos. Luc la estaba mirando con una sonrisa en los labios. Al ver que la barba ya le estaba naciendo sobre el rostro, recordó el contacto del duro vello sobre su propia piel. Sabía que debía decir que no. Había otras opciones y estaba en un territorio muy peligroso. Un terreno en el que se podría romper el corazón.

Debería decir que no.

–Sí –susurró.

Capítulo 10

SE MARCHARON a Francia al día siguiente. En cuanto Abby dijo que aceptaba, Luc se puso manos a la obra para prepararlo todo. Ella apenas tuvo tiempo para recoger sus cosas, informar a sus caseros y decirle a Grace que se marchaba. Luc puso su grano de arena encontrando una sustituta.

–¿Estás segura de que esto es lo que debes hacer? –le preguntó Grace cuando Abby fue a despedirse de ella.

Abby se encogió de hombros.

–No tengo muchas opciones y sé que Luc me cuidará bien.

–Él es el padre, ¿verdad? Él alquiló Corner Cottage hace unos meses, supongo que cuando te quedaste embarazada.

–Se te da muy bien sumar dos y dos, Grace.

–¿Lo conocías de antes?

Abby dudó. Grace conocía muy pocos detalles de su anterior vida. Sabía que Abby había sido pianista, pero, como no le interesaba mucho la música, aquel detalle no le había provocado demasiado interés. A Abby no le apetecía contarle más cosas justo en aquel momento.

–Sí, un poco.

–¿Lo suficiente para irte con él? ¿Para confiar en él?

–Le confiaría a Luc mi vida –replicó Abby, sorprendiéndose a sí misma. Efectivamente, confiaba en Luc. Era sincero, cariñoso y de fiar. Simplemente no la amaba. No podía.

–En ese caso, vete con mi bendición –dijo Grace sonriendo con tristeza–. Te echaré de menos, Abby.

–Yo también, Grace. Me alegro de que Luc haya encontrado a alguien que te pueda echar una mano –dijo Abby mientras le daba un fuerte abrazo a su amiga.

–Preferiría tenerte a ti.

–Yo también preferiría quedarme, pero estoy segura de que regresaré muy pronto.

–¿Tú crees?

–¡Por supuesto que sí! –exclamó Abby, aunque tenía sus dudas.

Efectivamente, su estancia en Cornualles había sido un intervalo, no una vida de verdad. Entonces, ¿dónde estaba su nueva vida? ¿La de su hijo? ¿Querría Luc que se quedara en Francia para que todos pudieran estar muy cerca? ¿Qué era lo que quería él? Y Abby, ¿qué era lo que ella quería?

–Me mantendré en contacto.

Aquella misma tarde, se marchó con Luc a una pista de un aeródromo privado que había cerca de Exeter. Allí, ayudó a Abby a subir a su avión privado. Al ver el lujoso interior de la aeronave, Abby le preguntó:

–¿Eres muy rico?

–Lo suficiente –respondió él mientras se quitaba la chaqueta y se sentaba. Entonces, le indicó a Abby que hiciera lo mismo.

–¿Cómo te ganas la vida?

–Me ocupo de dirigir propiedades.

–¿De quién?

–Mías.

Uno de los miembros de la tripulación se dirigió a ellos.

–*Vous êtes pret, monsieur le Comte?*

–*Oui. Merci, Jacques.*

Abby se incorporó en su asiento.

–*«Monsieur le Comte»?* ¿Eres conde?

–Significa muy poco.

–¿Pero eres un miembro de la nobleza? –preguntó ella con incredulidad. Luc asintió secamente–. Yo creía que todos los títulos nobiliarios habían desaparecido de Francia con la Revolución Francesa.

–Así es, pero, a lo largo de los siglos, se han ido reinstaurando algunos. Evidentemente, no tenemos poder real, tan sólo es el título.

–Entonces, ¿cuál es tu nombre completo?

–Jean-Luc Toussaint, conde de Gévaudan –dijo, pronunciando el título casi con desagrado.

Conde de Gévaudan. Parecía sacado de un cuento de hadas. Abby sacudió la cabeza en silencio. Todo lo que iba averiguando de Luc le demostraba más claramente lo poco que sabía de él. También se dio cuenta de que no tenía ni idea de adónde iban. Recordó que Luc le había dicho en París que vivía en el Languedoc. No sabía más.

–Conde… ¿Significa eso que si nuestro hijo fuera un niño podría haber heredado el título?

–Sólo si estuviéramos casados –dijo Luc. Abby se sonrojó.

Casados. Eso era algo que, evidentemente, no iba a ocurrir nunca. No es que ella lo deseara. Jamás accedería a un matrimonio de conveniencia sólo por el bien de su hija...

Pocos minutos después, volaban ya en dirección a Francia. Jacques regresó para servirles una bebida. Abby aceptó un zumo de naranja, que tomó lentamente mientras que Luc extendía un montón de papeles sobre su mesa. Abby no sabía por qué le molestaba tanto que estuviera tan inmerso en su trabajo. Evidentemente, tenía cosas que hacer y lo último que ella quería era distraerlo de sus obligaciones.

Deseó tener algo propio. Durante un instante, anheló tocar el piano una vez más. Apartó el pensamiento y cerró los ojos para olvidar. Trató de dormir un poco, pero no lo consiguió. Durante el tiempo que duró el vuelo, Luc no levantó la cabeza ni siquiera una sola vez.

Tendría que ir acostumbrándose. Luc quería que ella fuera a Francia, deseaba cuidar de ella, pero, aparentemente, eso no significaba necesariamente que quisiera pasar tiempo con ella.

Luc no podía concentrarse lo suficiente ni para leer los papeles que tenía sobre la mesa, pero seguía fingiendo estar concentrado en ellos para darle a Abby un poco de espacio. Ella no quería ir a Francia con él. Eso había quedado muy claro desde el principio. No debería haberla obligado a acompañarlo y mucho menos al Languedoc, donde estaban todos sus recuerdos y su corazón. No debería llevarla a la granja, que, al igual que el castillo, mantenía siempre cerrados. Evitaba ir a la región tanto como podía, pero algo en su interior lo había empujado a llevar allí a Abby. A su hogar.

¿Qué bien podían sacar de una relación continuada entre ellos? ¿Qué esperanza? La respuesta era evidente. Una hija. Dado que había un hijo de por medio, Luc sabía que necesitaba tener a Abby en su vida. Y él tenía que estar presente en la de ella, aunque este hecho les hiciera daño a ambos.

Durante un instante, se permitió pensar en el hijo que podría haber tenido. Ella o él tendrían ya tres años si el embarazo de Suzanne hubiera llegado a término. Resultaba casi imposible imaginarse cómo sería la vida con una esposa, un hijo, un hogar, una familia... Todo lo que se le había negado. Todas las cosas que ya nunca podría tener porque las había perdido en una ocasión.

Sin embargo, el destino parecía haberle dado una segunda oportunidad. Al menos, para volver a ser padre.

¿Y para ser esposo? ¿Y para Abby?

Levantó la vista ligeramente y vio que ella estaba mirando por la ventana. Tenía una expresión distante y algo triste. Tenía el labio inferior entre los dedos y se lo mordisqueaba con evidente ansiedad.

Luc se sintió culpable. Él era la causa de aquella ansiedad. Debería haberse mantenido alejado de ella. No debería haber ido nunca a Cornualles para buscarla la primera vez. Sin embargo, a la vez que reconocía esto, sabía que estaba cansado de sentirse culpable, cansado de intentar encontrar el modo de redimir el pasado y purgar sus pecados.

No podía hacerlo nunca. Por mucho que pudiera cuidar de Abby, ya le había fallado a una mujer. No podía rescatar a Suzanne de entre los muertos. Por eso precisamente no fallaría a Abby. No la decepcionaría porque no le daría a ninguno de los dos la oportunidad de sentirse decepcionado. Era el único modo de mantenerla a salvo.

El avión aterrizó en un aeródromo privado cerca de Aviñón. Luc hizo que transportaran sus cosas a un coche de lujo que ya les estaba esperando. Se puso al volante, con Abby a su lado, y a los pocos minutos avanzaban por una estrecha carretera que discurría junto al Ródano. Al ver aquel profundo cielo azul y los hermosos campos de lavanda y tomillo que se extendían prácticamente hasta las cimas de los Pirineos, que se veían en la distancia, Abby empezó a relajarse.

—¿Cuánto tiempo tenemos que ir en coche? —preguntó.

—Unos treinta minutos. Mi casa está al sur de Pont-Saint-Esprit.

Realizaron el trayecto en silencio. Abby empezó a tener sueño de nuevo y prefirió que así fuera. Luc no tardó mucho en abandonar la carretera y tomar un sendero aún más estrecho. Abby trató de despejarse para asomarse por la ventana con interés. Atravesaron una alta pared de piedra, adornada con unas hermosas puertas de hierro sobre las que se leía *Castillo Mirabeau*. Miró a Luc para preguntarle por el castillo, pero, al ver lo tenso que parecía, prefirió guardar silencio hasta que Luc aparcó el coche delante de una enorme casa de piedra.

—Es un lugar muy sencillo —dijo él—, pero te aseguro que te encontrarás cómoda.

Abby asintió. De repente, se le había hecho un nudo en la garganta. La casa era tal y como había imaginado que sería aquella lejana noche cuando trató de decidir cómo sería la casa de Luc. Estaba hecha de piedra, con el tejado rojo y contraventanas del mismo color. Abby no estaba segura de haber visto nunca algo más bonito. En el interior, la casa se había renovado por completo para darle un aire más moderno. Al entrar en la cocina, un enorme gato de color gris saltó de entre las sombras y comenzó a enredársele en los tobillos sin dejar de ronronear. Ella se echó a reír y se inclinó para acariciar al animal.

—Espero que no seas alérgica.

—No. Siempre he querido una mascota. ¿Cómo se llama?

—¿Ése? Debe de ser Sophie. Simone tiene rayas negras.

—¿Hay otro? —preguntó Abby mientras tomaba al animal en brazos—. Nunca hubiera pensado que te gustaban los gatos.

—Y no me gustan. Ahora viven en el granero.

—Pues no se comportan como si así fuera —dijo Abby. Sophie estaba ronroneando entre sus brazos, completamente dócil y tranquila.

—Antes se los mimaba mucho. Estoy seguro de que harán contigo lo que quieran.

—Probablemente —afirmó ella. Dejó caer al gato.

Repentinamente, el aire de la cocina se había vuelto gélido. «Antes se los mimaba mucho». ¿Quién? ¿Su esposa? Seguramente. Este hecho entristeció profundamente a Abby, pero no tuvo valor para preguntar más.

—¿Dónde voy a dormir? —preguntó después de un instante.

—Arriba hay tres dormitorios. Puedes elegir el que más te guste.

—¿Cuál es el tuyo? Es decir —dijo, sonrojándose—, para no escoger ése precisamente.

–Normalmente duermo en la habitación que da hacia la parte de atrás, pero no importa.

–¿Es que no vives aquí? Por lo que dices, parece...

–Vivo aquí cuando necesito estar en esta zona, pero, por mi trabajo, viajo constantemente.

–Está bien. Iré a echar un vistazo.

Se dirigió a la estrecha escalera que había en la parte trasera de la cocina y, tras dudarlo un instante, tomó a Sophie en brazos. Le vendría bien un poco de agradable compañía.

Escogió el dormitorio que estaba más alejado del que Luc utilizaba. Resultaba extraño lo bien que se había imaginado aquel lugar, como si perteneciera allí. Resultaba un pensamiento completamente irracional, pero Abby lo sentía profundamente. Aquélla era su casa. Su hogar. Al menos, podría serlo si las cosas fueran diferentes. Si Luc fuera diferente.

Miró por la ventana y, por encima de los árboles, vio el tejado oscuro de lo que, sin duda, debía de ser el castillo. ¿Pertenecía a Luc? Si era conde, tenía que tener un castillo. A menos que lo hubiera vendido. ¿Habría vivido allí con su esposa? A lo mejor no podía soportar tener que volver allí tras su fallecimiento. Aunque la curiosidad la corroía por dentro, Abby sabía que no preguntaría nunca. No creía estar lista para escuchar las respuestas.

Cuando Abby bajó de nuevo a la cocina, Luc estaba examinando el correo con deliberada concentración.

–Esta tarde deberías descansar. Mañana iremos a Pont-Saint-Esprit por suministros.

–Está bien.

Con eso, Abby volvió a su habitación algo desconsolada. Estaba cansada, pero no le apetecía dormir. Quería explorar, charlar, averiguar más sobre el hombre del que ya estaba medio enamorada. Medio porque sólo conocía una mitad de Luc. No había modo de descubrir el resto.

Abby descansó el resto del día. Luc preparó una sencilla cena de pasta con una salsa enlatada que los dos tomaron en la cocina.

–Voy a tener que aprender a cocinar –bromeó Abby. Luc se encogió de hombros.

–Sólo si quieres.

No se podía negar que, tras regresar a Francia, Luc se había cerrado como si fuera una caja. Había desaparecido la alegría, las sonrisas... La oscuridad que Abby había presentido siempre se había adueñado por completo de él. Apenas hablaba y, en cuanto podía, se retiraba a lo que Abby sospechaba que era su santuario y su defensa: el trabajo.

El día siguiente amaneció soleado y luminoso. Se dirigieron enseguida a la ciudad para comprar todo lo que necesitaban.

–Hoy es día de mercado –dijo Luc–. Debería haber mucha fruta y verduras frescas.

Abby asintió. No hacía más que pensar que, si hubiera sabido que Luc se iba a comportar así, jamás se habría marchado a Francia con él a pesar de que sus opciones eran bastante limitadas. Aparcaron cerca del centro de la ciudad. Muy pronto estuvieron caminando por las empedradas calles. Abby estaba encantada. Le atraían irremediablemente las botellas de aceite de oliva, las naranjas y las ristras de ajos y de cebollas. Llenó muy pronto la cesta que Luc llevaba colgada del brazo.

–Supongo que estás pensando cocinar con esto –comentó él.

–Por supuesto, pero supongo que necesitaré un libro de cocina.

–Hay varios en la casa, pero están en francés. Sin embargo, eso no debería ser un problema para ti.

–*Bien sûr, non* –replicó ella, muy contenta, lo que le reportó una ligera sonrisa de Luc. Se detuvo ante una selección de vinos y no tardó en descubrir uno que tenía la etiqueta de *Castillo Mirabeau* sobre la botella–. Ese lugar está muy cerca de nosotros.

–Así es –dijo él.

Abby notó cómo el vendedor de vinos, que estaba a su lado, miraba casi con reverencia a Luc. Por supuesto, si era el noble de la zona, todo el mundo debía conocerlo. Todo el mundo debía de estar preguntándose qué estaba haciendo con ella. Seguramente habrían conocido a su esposa.

De repente, Abby se dio cuenta de que los miraban de soslayo y que murmuraban a su paso. Había estado tan encantada por todo lo que veía que no se había dado cuenta hasta entonces.

–Supongo que deberíamos marcharnos.

–¿Tienes todo lo que necesitas?

–Sí y... estoy un poco cansada.

Regresaron rápidamente al coche como era de esperar. Abby respiró aliviada. No comprendía por qué las miradas y los murmullos de la gente la habían molestado tanto, dado que ciertamente estaba acostumbrada a la atención del público. La razón era que había un pasado que no conocía, que no entendía. Miró a Luc.

–Todo el mundo te conocía, pero me dijiste que no vives aquí. ¿Viviste aquí en el pasado? ¿Con... Suzanne?

–Sí.

–¿Cómo murió?

–En un accidente de automóvil. Cerca de aquí. En una recta –respondió, con voz tensa y fría–. ¿Por qué me estás haciendo todas estas preguntas?

–Porque quiero conocerte. Necesito conocerte, Luc. Hay tantas cosas que no sé sobre ti...

–Tal vez sea mejor así –concluyó.

Abby quedó en silencio.

Aquella tarde, mientras Luc trabajaba en su despacho, Abby encontró en la cocina un viejo libro de recetas. Colocó todas sus compras sobre la encimera y decidió que iba a hacer la cena.

–«Rábanos picantes con hígado salteado» –leyó–. «Caracoles con ortigas» –añadió, poniendo cara de asco.

¿Eso era la cocina francesa? Siguió buscando hasta que encontró una sencilla *cassoulet*. Tenía todos los ingredientes y la receta parecía bastante fácil.

Muy pronto, la cocina estuvo impregnada del delicioso aroma del orégano, el tomillo y el vino tinto. Mientras Abby removía el contenido de la cazuela, Sophie entró ronroneando en la cocina y volvió a enredársele en los tobillos.

–No seas pedigüeña. No está bien.

La gata volvió a frotársele contra la pierna. Abby se echó a reír y le dio un poco de comida. Todo era perfecto. La comida, el sol, la casa... hasta el gato. Aquélla era su perfecta fantasía para una vida plena, pero no podía sentirse satisfecha porque sabía que no iba a durar. El hombre sobre el que giraba aquella fantasía no la amaba ni quería estar con ella.

–Basta ya, Abby –se dijo en voz alta–. No va a ocurrir nunca así que olvídalo.

–¿Qué es lo que no va a ocurrir? –le preguntó Luc desde la puerta de la cocina. Ella se sonrojó–. ¿Con quién estabas hablando? ¿Con el gato?

–En realidad, conmigo misma. Es una costumbre.

–¿Sí?

–No siempre he tenido personas con las que hablar...

–Lo siento. Hace meses que no vengo por aquí y tengo cosas de las que ocuparme.

–Si yo tuviera una casa como ésta, no me movería nunca de aquí.

–¿De verdad?

–Bueno, lo que quería decir es que todo esto es muy relajante.

–Me alegro de que te lo parezca. Eso era precisamente lo que esperaba cuando te traje aquí.

–Entonces, si no has estado aquí, ¿dónde has estado?

–Principalmente en París.

–¿En París? ¿Y te alojas en el hotel? –le preguntó, sin poder contener los recuerdos.

–No. Me alojo en otro lugar.

–¿Tienes piso allí?

–Lo tenía, pero lo he vendido.

–¿Por qué?

Luc se encogió de hombros.

–Eso huele maravillosamente. ¿Qué es?

Abby suspiró y permitió el cambio de tema.

–*Cassoulet.* Decidí no probar los caracoles con ortiga.

Luc sonrió.

–Es una pena que no comprásemos caracoles en el

mercado. Cuando son frescos, están muy buenos. Aunque sean, como tú dices, caracoles.

La sonrisa de Luc pareció llegarle directamente al alma. Se dio la vuelta para remover el guisado y distraer así su cuerpo de traicioneras sensaciones. Entonces, sintió un golpe en el vientre.

—¡Ah!

—¿Qué pasa, Abby? ¿Te encuentras bien?

—Sí... La niña... ¡Me ha dado una patada! ¡La he sentido! —exclamó llena de alegría—. ¡Otra vez!

—¿Puedo...?

—Sí, sí...

Abby le agarró la mano y se la colocó sobre el vientre. Los dos esperaron en silencio hasta que la pequeña cedió y volvió a dar otra patada. Él se echó a reír.

—Increíble, ¿verdad? —comentó Abby—. Está ahí de verdad.

—Así es.

Luc no le apartó la mano del vientre y cuando Abby levantó el rostro, sus miradas se cruzaron y el momento se extendió entre ellos a modo de íntimo silencio. Ella sintió que el aliento se le secaba en la garganta y que el corazón se le aceleraba insoportablemente. Quería que aquel momento durara para siempre.

—Luc... —susurró, sin atreverse a decir más. Él no dijo nada y Abby se dispuso a gozar del momento. Cerró los ojos y levantó la mano para colocarla encima de la de Luc. Sin embargo, antes de que sus manos se tocaran, él apartó la suya y dio un paso atrás.

—Tengo que hacer algunas llamadas antes de cenar —dijo. Antes de que Abby pudiera decir nada, se marchó de la cocina.

Se dirigió a su despacho, donde permaneció inmóvil,

con las manos sobre el escritorio, mientras respiraba profundamente. Se sentía embriagado por la emoción de aquel breve momento compartido con Abby gracias a las patadas de su hija. Se había sentido verdaderamente feliz, esperanzado, vivo y eso le maravillaba. Se había sentido más fuerte que nunca. Su corazón y su cuerpo habían vuelto a la vida y habían despertado sus sentidos. Su alma.

Era maravilloso. Aterrador. Cerró los ojos y deseó que los latidos de su corazón se desaceleraran un poco. No le gustaba el miedo que siempre se producía detrás de la alegría. Cuando se sentía mucho, se podía perder mucho también.

Durante un instante, volvió a estar en aquel trozo de carretera. El coche estaba doblado prácticamente alrededor de un árbol, olía a quemado y a muerte. No podía perder a Abby. Sin embargo, ¿qué era lo que podía perder? No estaban casados. Ni siquiera eran ya amantes. Ella había acudido a su casa por el bien de su hija. Tenía que recordarlo. Necesitaba mantener las distancias, evitar quererla o que ella lo quisiera a él. Resultaba demasiado aterrador. Demasiado peligroso para los dos.

Luc no regresó a la cocina hasta que Abby comenzó a servir la cena. Ella levantó la mirada al sentir que él se acercaba y sonrió.

—Espero que tengas hambre. Parece que he hecho suficiente para un ejército.

Luc no respondió. Se sentó y deslizó un teléfono negro a través de la mesa. Abby lo agarró automáticamente.

—Voy a estar ocupado con trabajo durante un tiempo

–dijo–, pero puedes ponerte en contacto conmigo en caso de emergencia. He grabado mi número en el teléfono.

–Entiendo... –susurró ella. Aquel teléfono significaba más que nunca el distanciamiento emocional de Luc. ¿Qué había esperado?–. Gracias –añadió. Después, se metió el teléfono en el bolsillo.

Cenaron en silencio. Poco después de terminar, Luc se excusó y regresó a su estudio. Abby se preparó una taza de café y salió a la terraza que había detrás de la cocina. El aire era fresco y el viento removía las ramas de los olivos. Abby suspiró profundamente y aspiró ávidamente. En la distancia, se distinguían las torres de lo que debía de ser el castillo Mirabeau, que destacaban oscuras y silenciosas contra la luna. Podría ir a dar un paseo al día siguiente. Ir al castillo y ver quién vivía allí. No había mucho más que hacer.

Deseó que la situación pudiera ser diferente. Que pudiera interrumpir a Luc en su despacho si así lo deseaba o que incluso pudieran subir al dormitorio, a la amplia cama con su mullido colchón y darle buen uso...

Aquella fantasía parecía tan real que Abby estuvo a punto de llevarla a cabo. Desgraciadamente, Luc le había dejado muy claro que no quería tener nada que ver con ella emocionalmente. Llevaba un año enviando esas señales. ¿Por qué no podía aceptarlas? ¿Por qué quería más?

No estaba satisfecha. Estaba en la vida de Luc, pero no formaba parte de ella. No comprendía su pasado, los secretos que guardaba, el sufrimiento que se reflejaba en las ojeras de su rostro. Quería saberlo todo. Quería comprender.

Sí. Quería más. La pequeña semilla que había crecido dentro de ella se negaba a morir. Quería mucho más, pero desgraciadamente no estaba segura de que fuera a conseguirlo nunca.

Capítulo 11

LUC FUE fiel a su palabra. Se marchó poco después de desayunar y le dijo a Abby que iba a recorrer varias oficinas, pero que podría estar en casa en cuestión de minutos si ella lo necesitaba.

Cuando se quedó sola, ella arregló la cocina y, tras ponerse unos vaqueros premamá y par de fuertes botas de campo, se marchó.

Caminó a lo largo de la carretera durante un tiempo. En menos de un cuarto de hora, llegó a las puertas del castillo Mirabeau. Estaban cerradas y los muros eran muy altos. No había manera alguna de poder entrar.

Sentía tanta curiosidad y frustración por no poder entrar que, para desahogarse, meneó con fuerza las puertas de hierro y, para su sorpresa, el candado cayó al suelo. Estaba muy oxidado. Entonces, con sólo empujarla ligeramente, la puerta se abrió. Abby entró sin dudarlo.

El sendero de grava que conducía hacia el castillo estaba plagado de malas hierbas. Los árboles y arbustos que alineaban el camino no habían sido podados en mucho tiempo, por lo que prácticamente lo sumían en una profunda oscuridad. A medida que iba avanzando, se iba haciendo más evidente que allí no vivía nadie.

Por fin consiguió ver el edificio. Más que un castillo, se trataba de un pequeño palacio. Las torres flanqueaban dos filas de ventanas. Al llegar a la entrada, decidió rodear la edificación con la esperanza de encontrar una puerta abierta o una ventana rota. No encontró nada, pero sin duda el espléndido aunque descuidado jardín que rodeaba el castillo daban buena fe de lo maravilloso que debía de ser el interior.

Al final, decidió regresar a la casa. Estuvo durmiendo casi toda la tarde. Sólo se despertó cuando oyó que se abría la puerta. Era casi la hora de cenar. Luc había regresado por fin.

–Siento no haber preparado nada de cenar –dijo mientras bajaba las escaleras–. No me estoy ganando el sueldo, ¿verdad?

–No estás aquí por eso.

–Mmm –comentó ella mientras se dirigía al frigorífico para sacar lo que había sobrado de la cena del día anterior–. Me preguntó por qué estoy aquí.

–Para descansar, relajarte y mantener a nuestra hija a salvo. ¿Por qué si no?

–Hoy he ido andando al castillo –comentó ella, para no tener que responder.

–¿Sí? –preguntó él sin poder ocultar la tensión que lo embargaba.

–Sí. Es muy bonito, aunque está un poco descuidado. ¿Por qué no vive nadie allí?

–Creía que las puertas estaban cerradas.

Abby se encogió de hombros para no responder la pregunta, pero no pudo evitar preguntarse por qué lo sabía Luc.

–Conseguí ver un poco. Todo parece estar muy abandonado.

–Supongo que sí.

–¿Sabes quién vive allí? –le preguntó. Luc no respondió, pero Abby vio una sombra en sus ojos–. ¿Pertenece el castillo a tu familia?

–Así es, pero yo prefiero no vivir allí. Esta casa es mucho más adecuada para mis necesidades.

–Aunque tampoco vives aquí.

–Soy un hombre muy ocupado, Abby.

–Evidentemente. Al menos para mí –le espetó, sin poder contenerse más–, aunque no puedo evitar pensar si no me estarás evitando.

–¿Y por qué iba a hacer algo así?

–No sé, Luc. Tal vez deberías decírmelo. ¿Por qué me hiciste venir aquí si ahora me estás ignorando? Para esto, me podría haber quedado en Cornualles. No hay una razón verdadera para que yo esté aquí, ¿verdad?

–Eso no es cierto.

–Pensaba que querías estar implicado en la vida de nuestra hija, pero me estoy dando cuenta de que esto no va a funcionar. Para ninguno de nosotros.

–Abby...

–¿Qué es lo que quieres de mí? Ojalá me hubieras dejado en paz y te hubieras mantenido completamente alejado de mi vida en vez de dedicarme estas medias atenciones. ¡Querías que viniera a Francia, pero ahora prácticamente me estás ignorando!

–Lo siento. Creía que te había dejado muy claro lo que podías esperar de mí.

–¡Nada, querrás decir! –exclamó ella. Entonces, se secó una lágrima con la mano y asintió. No debería sorprenderse. Luc se lo había dejado muy claro. Era tan sólo su corazón el que quería más–. Tal vez las hormonas del embarazo me están poniendo demasiado sensible...

Luc no dijo nada. Evidentemente, no quería hablar del tema.

–Voy a limpiar unas cosas de mi escritorio –dijo. Llena de tristeza, Abby vio cómo él se iba una vez más.

Al día siguiente, volvió a encontrarse sola. Se pasó la mañana en la cocina tratando de realizar otra sencilla receta, pero lo dejó cuando se dio cuenta de que le faltaba el ingrediente principal, la pasta.

El sol lucía tan esplendorosamente en el cielo que decidió escapar de los confines de la casa una vez más. Resultaba extraño lo mucho que ansiaba escapar de ella cuando a su llegada le había parecido tan acogedora.

Se puso una chaqueta y se dirigió al exterior. Antes de salir por la puerta, vio una pesada llave de hierro encima de una estantería. Abby la recogió y se la metió en el bolsillo de la chaqueta. Se dirigió rápidamente a su destino. Las puertas del castillo estaban cerradas, pero, afortunadamente, nadie había cambiado la cerradura. Entró y subió por el sendero hacia el castillo. Al llegar a la puerta principal, comprobó que la llave encajaba perfectamente en la vieja cerradura, que cedió tras unos segundos de protesta. Con la yema de los dedos, Abby abrió la puerta.

Entró al vestíbulo central y vio que la luz del sol se filtraba por las rendijas de las ventanas e iluminaba las motas de polvo que bailaban en el aire. Los muebles que allí había estaban cubiertos por sábanas. Levantó una de ellas y contempló una exquisita mesa con incrustaciones de mármol. Era una maravillosa antigüedad y sospechaba que el castillo estaba repleto de ellas. ¿Por qué no vivía nadie allí? ¿Por qué no vivía Luc allí?

Recorrió varias estancias y, de nuevo, vio todos los muebles cubiertos por sábanas. Todo parecía estar completamente abandonado. Sabía que debía marcharse. No tenía derecho alguno a estar allí, pero no podía irse.

Aquélla era la clave a la vida de Luc. Si él no le decía nada, tal vez podría encontrar respuestas allí.

Cuando llegó a las últimas de las salas de la planta baja, vio que sus ventanas daban a una terraza. Como todas las demás, sus muebles estaban cubiertos con sábanas, pero una de ellas declaraba sin rodeos la naturaleza de lo que ocultaba.

Un piano de cola.

Lentamente, Abby se acercó y retiró la sábana. Era un piano muy hermoso, de la marca Errad, una antigüedad que probablemente llevaba en la familia cien años o más. El exterior estaba profusamente decorado con pan de oro, lo que suponía una obra de arte en sí mismo. Lentamente, levantó la tapa. Seguramente estaría muy desafinado, pero...

Los dedos flotaron por encima de las teclas. No había tocado un piano en casi un año, demasiado tiempo para alguien que antes lo tocaba todos los días durante varias horas desde que tenía cinco años.

Respiró profundamente y tocó las teclas. Tenía los dedos rígidos y el piano estaba muy desafinado. A pesar de todo, no pudo contener el sentimiento que llevaba tanto tiempo conteniendo. Lentamente, sin pensar en lo que estaba haciendo, comenzó a tocar la *Appassionata*...

Las puertas estaban abiertas y el candado oxidado y roto cuando Luc llegó al castillo Mirabeau. Aparcó el coche y miró el sendero. El corazón empezó a latirle a toda velocidad. Llevaba más de un año sin ver el castillo y ciertamente no había estado en su interior.

Hacía diez minutos que la empresa de seguridad le había llamado para decirle que la alarma había detectado a una persona en el interior del castillo. Le informaron de que la puerta se había abierto con normalidad y que no parecía tratarse de un ladrón

Luc supo enseguida quién había entrado en el castillo, quién había encontrado la llave que él había dejado en la casa para las emergencias y que estaba husmeando en el pasado que él tanto ansiaba olvidar.

Abby.

Salió del coche y subió andando por el sendero. Al llegar a la puerta, dudó brevemente antes de entrar. La puerta estaba entornada. La última vez que cruzó aquel umbral había estado huyendo, escapando de la verdad que había encontrado en las cartas de Suzanne.

Soy tan infeliz... Jamás pensé que sería así. Quiero escapar...

Y lo había hecho de la manera más tajante posible.

Luc contuvo el aliento y entró en el castillo. Lo primero que notó fue que todo estaba lleno de polvo. Aquella mansión había sido su orgullo, su alegría, su obsesión y, en aquellos momentos, estaba en un estado casi ruinoso del que él era el único culpable. Había prohibido la entrada al castillo para cualquier labor de mantenimiento o limpieza, pero había amado tanto aquel lugar que le dolía verlo de aquella manera.

Abby debía de estar en algún lugar de aquel mausoleo. Avanzó por el pasillo principal y miró en varios de los salones. Entonces, oyó la música y no se trataba de una pieza cualquiera, sino de la más hermosa de todas. *La Appassionata* había cobrado vida en las teclas de un piano terriblemente desafinado.

Se dirigió hacia la sala de música y se detuvo en la

puerta. Abby estaba sentada al piano, con el cuerpo iluminado por el suave sol de la tarde que se filtraba por las contraventanas. Tenía la cabeza inclinada, el cabello convertido en una brillante y sedosa catarata oscura mientras tocaba.

A pesar de lo que significaba el castillo para Luc y el hecho de que no fuera ni una sombra de lo que había sido, le gustó ver a Abby allí. Encajaba.

De repente, la música comenzó a hacer que desapareciera su insensibilidad. Comenzó a sentir. Sus defensas cayeron al suelo. Sintió anhelo, miedo y, lo más aterrador de todo, algo cercano al amor.

Apretó los dientes y sacudió la cabeza, como si así pudiera librarse físicamente de la cascada de sensaciones y entró en la sala.

—¿Qué demonios estás haciendo?

Abby se quedó completamente inmóvil y se giró a continuación hacia la puerta.

—Estaba tocando el piano —dijo, después de un largo y tenso momento.

—¿Cómo has entrado aquí?

—Tú dejaste la llave al lado de la puerta de la casa. ¿Cómo me has encontrado?

—¿Acaso crees que un lugar como éste no está armado?

—¿Armado?

—¡Tiene una alarma! En cuanto se abre la puerta, salta una alarma de seguridad. Va directamente a la empresa y ellos me llaman para ver si yo no la he hecho saltar accidentalmente.

—No he oído nada.

—No se oye. Es silenciosa. La policía habría llegado en menos de cinco minutos si yo no les hubiera pedido que no vinieran.

–¿Y por qué les pediste que no lo hiciera? ¿Cómo supiste que era yo?

–Por las preguntas que me hiciste anoche sobre el castillo. Supe que no lo dejarías estar. Veo que no me equivoqué.

–Sentía curiosidad. Podría ser tan hermoso. ¿Por qué esta cerrado?

–Te lo dije anoche. No quiero vivir aquí.

–¿Viviste aquí alguna vez?

–Crecí aquí –dijo él mirando con tristeza y añoranza a su alrededor–. Ese piano está muy desafinado.

–Sí. Creo que jamás había tocado uno que lo estuviera tanto.

–¿Lo echas de menos?

–Echo de menos la música. La alegría. ¿Y tú?

–¿Yo qué?

–¿Echas de menos esto? ¿La echas de menos a ella? ¿Es ésa la razón por la que lo cerraste todo y te niegas a hablar de ello? ¿Porque la echas mucho de menos?

Luc tardó unos instantes en contestar.

–No. No la echo de menos. Supongo que lo que siento es arrepentimiento.

–¿Por no echarla de menos?

–Si crees que no te puedo dar lo que quieres porque aún sufro la pérdida de mi esposa, te aseguro Abby que no podrías estar más equivocada.

–Entonces, ¿por qué? ¿Por qué eres así, Luc? ¿Qué te ocurrió para que te arrepientas tanto?

–Pensaba... –dijo él mientras se dirigía a una de las ventanas. La abrió y dejó al descubierto la magnífica vista que se dominaba desde aquella terraza–. Adoro este lugar. Siempre lo he adorado. Supongo que lo llevo en la sangre.

–¿Lleva en tu familia muchas generaciones?

–Sí. Cuatrocientos años –contestó él mientras se asomaba a la terraza–. Mi padre murió cuando yo tenía once años. Lo echo mucho de menos. Era un buen hombre. Tal y como ocurrió, mi padre no tuvo tiempo de poner en orden sus asuntos. Mi madre hizo lo que pudo, pero con un administrador corrupto y las responsabilidades que todo esto conllevaba, todo fue desintegrándose. Vi cómo el castillo Mirabeau se iba haciendo cada vez más decrépito, nuestras propiedades y nuestras inversiones disminuían. Si mi padre hubiera estado vivo, se habría desesperado, aunque, si hubiera estado vivo, jamás habría ocurrido. Yo sólo era un niño y no podía hacer mucho. Mi madre y mis hermanas no se preocupaban demasiado mientras tuvieran lo que necesitaran, lo que así fue. Sin embargo, a mí sí me molestaba. Me moría de ganas por crecer y recuperar todo lo que habíamos perdido. No podía pensar en otra cosa. Cuando tenía diecinueve años, me hice cargo de todo. Ya no quedaba tanto como yo hubiera deseado. Por eso, me pasé diez años dedicado a devolver su antigua gloria a la herencia de la familia. Se convirtió en una obsesión para mí. Terminé consiguiéndolo, pero nada me parecía suficiente. Siempre quería más. Me parecía que había mucho más que hacer.

Se volvió para mirar a Abby con una triste sonrisa en los labios.

–Suzanne encajaba perfectamente en mis planes. Provenía de una familia de la región y era adecuada. Yo la conocía desde que éramos unos niños. Pensé que sería la perfecta esposa para mí. Sobre el papel, así fue, pero yo no sabía... No me di cuenta del coste que esto suponía para ella. Yo creía que éramos felices. Tal vez no lo creía, pero no quería pensar demasiado al respecto. Ni en ella.

–¿No eras feliz?

–Suzanne tuvo un aborto espontáneo al poco de casarnos. Sólo estaba embarazada de unas pocas semanas, pero eso la dejó destrozada. Lo disimuló muy bien, así que yo ni siquiera me di cuenta. Puede que tampoco me molestara en observar. Por supuesto, a mí me entristeció también, pero di por sentado que habría otros hijos... –añadió mirando a Abby–. ¿Qué puedo decir que excuse mi comportamiento? Yo me enterré en mi trabajo y la dejé aquí. Ella odiaba su papel de señora del castillo. Se sentía sola, abrumada... Yo ni siquiera me enteré de que le habían recetado antidepresivos. Nadie me lo dijo. Estaba ciego a todo, ciego a propósito, demasiado involucrado en el reino que estaba tratando de construir. ¿Y para qué?

–Parece que ella estaba tratando de ocultar su enfermedad. Estoy segura de que no fue culpa tuya.

–¿Cómo puedes decir que no fue culpa mía? Suzanne era mi esposa... Sólo tenía veinte años cuando nos casamos. Ella era mi responsabilidad y debería haberme dado cuenta... Ni siquiera me di cuenta de que ella se había dado cuenta de que...

–¿Qué?

–Que no la amaba. La quería, por supuesto, y pensé que sería una buena esposa. Sin embargo, ella necesitaba que la amaran y yo no podía hacerlo. A veces me pregunto si ésa es la razón de que... –se interrumpió, emocionado por los dolorosos recuerdos. Cuando logró sobreponerse, siguió hablando–... tuviera el accidente. No sé adónde iba. Ella jamás iba en coche a ninguna parte. La carretera era muy recta y, sin embargo, se salió de ella hacia el río...

–Y crees que lo hizo a propósito.

–Sí. Se llegó a la conclusión de que había sido un accidente, pero, ¿quién sabe?

–Luc, no puedes culparte por la vida de otra persona. Ni por sus tristezas ni por sus alegrías. Aunque no te dieras cuenta de lo que estaba sintiendo Suzanne o estuvieras demasiado obsesionado por tu trabajo. Puedes hacerte responsable de tus propios actos, pero no de los de los demás. Eso lo he comprendido yo también. Yo vivía mi vida por mi padre porque tocar profesionalmente el piano era su sueño, no el mío. Lo hice mío por él, por todo el mundo y me perdí en el proceso. Perdí el amor a la música que siempre había tenido...

–Pero tocas maravillosamente.

–Me gusta tocar, pero tal vez no en una sala de conciertos. No excluyendo todo lo demás. No puedo hacer feliz a mi padre tocando el piano. No puedo darle su sueño. Creo que por fin ha reconocido eso él también. Por fin, estamos viviendo nuestras vidas –susurró, con los ojos llenos de lágrimas.

–¿Por qué no me odias? –le preguntó Luc dando un paso hacia ella.

–¿Odiarte? ¿Por qué iba a odiarte?

–Después de todo lo que he dicho, después de todo lo que he hecho... Me he apartado de ti, Abby, porque tenía miedo. He sido egoísta. Aquella noche, no había nada que deseara más que quedarme allí contigo para despertarme a tu lado por la mañana. Todas las mañanas

–Entonces, ¿por qué te marchaste?

–Ese día... Ese día estuve organizando algunos papeles aquí. Encontré unas cartas de Suzanne, cartas que ha-

bía escrito para sí misma, una especie de diario que hablaba de su infelicidad. Se había dado cuenta de que yo no podía amarla tal y como ella necesitaba y así lo escribió en una de esas cartas. Hablaba también de cómo odiaba su vida y de cuánto ansiaba escapar de aquí, escapar para siempre... Esto último lo escribió sólo dos semanas antes de morir.

–Lo siento...

–Me marché de aquí y me dirigí a París. Estaba atónito, insensible. No sabía que ella se había sentido así ni de que esto era culpa mía. Yo creía que había sido por el aborto. Me había absuelto pensando así.

–Pero eso no fue culpa tuya, Luc...

–Aquel mismo día, hice que cerraran el castillo. No quería vivir aquí. No podía sabiendo la cárcel que había supuesto para otra persona. No había vuelto... hasta hoy. Aquella noche fui a tu concierto porque necesitaba pensar en otra cosa. Entonces, cuando te vi... Sentí esperanza. Sentí que volvía a la vida con sólo mirarte, con hablar contigo. Cuando estábamos juntos... Desgraciadamente, no podía quedarme contigo. No podía dejar que te afectaran mis problemas, mi dolor. Por eso me marché. Sé que fue un acto de egoísmo por mi parte, pero no fue intencionado. Siento el daño que te pudiera hacer con mi comportamiento.

Abby asintió.

–¿Y ahora? –preguntó conteniendo el aliento, esperando, ansiando la respuesta de Luc.

–No lo sé... Pensé que nunca volvería a casarme. No creí que fuera capaz de volver a amar a alguien del modo que necesitara ser amado. Fallé a Suzanne en muchos sentidos. No quiero volver a fallar a nadie.

–¿Y qué vas a hacer? ¿Vas a excluir de tu vida a todo

el mundo durante todos los años que te queden? ¿Jamás vas a volver a arriesgarte?

—Ni siquiera creí que hubiera posibilidad —confesó Luc—. Hasta que te conocí —añadió. Entonces, levantó la mano y le acarició suavemente la mejilla—. Sentí. Sentí tanto que ya no estoy seguro de nada.

—Yo sí.

Abby extendió las manos y tiró de él hacia su cuerpo. Le enredó los dedos en el cabello y acercó el rostro de Luc hacia el de ella para rozarle los labios con el más delicado de los besos.

Sintió las dudas de Luc. Sabía que él quería besarla, pero sintió que se contenía. No se lo permitió. Profundizó el beso, atrayéndole aún más hacia ella. Terminaron junto al piano, ella de espaldas, con el trasero sobre las teclas creando una maravillosa y disonante melodía.

La resistencia de Luc desapareció y él respondió al beso. Las lenguas de ambos se unieron y danzaron juntas. Abby sintió como si por fin se estuvieran comunicando. Fue un beso eterno, un beso que era aún más dulce sabiendo que no podían hacer nada más. Aquel beso lo era todo, gozo y alegría mezclados en uno solo mientras sus cuerpos creaban una nueva melodía sobre el piano y la luz de sol entraba a raudales, pura, dorada y suave en la oscura estancia.

Capítulo 12

DESPUÉS de aquello, las cosas cambiaron. La casa perdió su ambiente de silenciosa tensión. No hablaban del futuro, pero Abby consiguió que no le importara. Con lo que tenía le bastaba. Estar juntos, comer, reír, amar... No estaba segura de que aquello fuera amor. Jamás había dicho las palabras, pero Abby sentía que algo había cambiado aquel día en el castillo. No obstante, siguieron viviendo en la casa y el castillo siguió envuelto en su polvoriento sudario con una cerradura nueva en la verja.

Abby se pasaba los días aprendiendo a cocinar. Le encantaba la naturaleza sensual de la comida, los diferentes tactos, aromas y sabores de los alimentos. No todos sus experimentos en la cocina eran un éxito, pero Luc los probaba todos.

A medida que fue haciendo más calor, cenaban en la pequeña terraza de la parte de atrás, con la imagen de las torres del castillo Mirabeau en la distancia. Abby se preguntaba una y otra vez cómo podría Luc seguir adelante con su vida mientras estuviera cerrado y vacío. Empezar de nuevo, con ella a su lado.

No obstante, a pesar de los progresos que habían conseguido, Luc seguía mostrándose distante. El frío roce de los labios de él sobre la piel de Abby hacía que ésta deseara mucho más tanto física como emocionalmente, sobre todo esto último. Su unión emocional era muy frágil, pero Abby no estaba dispuesta aún a poner a prueba su dureza.

Una tarde, Luc la llevó a dar un paseo por las colinas que había detrás de la casa.

—¿Adónde vamos? —le preguntó Abby.

—Ya lo verás —respondió él. Entonces, agarró la bolsa que llevaba colgada del hombro.

—¿Qué estás haciendo?

Luc abrió la bolsa y sacó lo que parecía un montón de palitos y un trozo de tela. Abby tardó un segundo en darse cuenta de que era una cometa.

—Hace un día perfecto para volar una cometa —dijo él, con una sonrisa.

—Una cometa... —susurró ella, encantada.

Observó atentamente cómo él la montaba, pero no podía dejar de sentir una enorme alegría por el hecho de que Luc se hubiera acordado de algo que era importante para ella y quisiera ayudarla a conseguirlo.

—¿Vamos?

—Está bien.

Luc soltó la cometa y comenzó a darle cuerda. La cometa empezó a subir poco a poco hacia el cielo empujada por el viento.

—¡Oh, mira! —exclamó ella, aplaudiendo y gritando como si fuera una niña.

Luc comenzó a correr hacia atrás y fue soltando más cuerda a medida que la cometa iba subiendo. Abby observaba maravillada cómo el rombo de color verde iba volando entre las nubes.

—¿Quieres probar?

—Creo que no podría. Nunca he...

–Ahora tienes tu oportunidad –la interrumpió él–. Agárrala.

Luc le entregó la bobina de cuerda y ésta se soltó un poco más antes de que Abby pudiera detenerla.

–¡Oh, no!

–Anda hacia atrás –le ordenó él. Abby hizo lo que Luc le indicaba y se dejó llevar por su instinto, recordando lo que hacían los niños en Hampstead Heath cuando ella era pequeña–. Muy bien. ¿Ves? Lo estás haciendo tú sola.

–¡Es cierto! –exclamó ella, con aire triunfante. De repente, la cometa cayó un poco–. ¡Ah!

–Dame –le dijo Luc. Se colocó detrás de ella y la rodeó con sus brazos para tomar la bobina de cuerda. Ésta no tardó en tensarse y la cometa volvió a subir una vez más.

Abby era consciente del contacto del torso de Luc contra su espalda. Decidió que podría estar entre sus brazos toda una eternidad.

–Ten cuidado –le murmuró él al oído. Abby se dio cuenta de que la cometa había empezado a caer una vez más. La tensó, pero lo hizo demasiado tarde y la cometa cayó rápidamente a tierra.

–Creo que ése ha sido el fin de la cometa –dijo ella, tras acercarse para inspeccionar la tela rasgada y los palos rotos.

–Eso parece, pero ha merecido la pena, ¿no?

Luc la miró fijamente a los ojos. Los de él eran tan intensos y tan azules como el mar. El viento azotaba el cabello de Abby contra su rostro con fuerza.

–Creo que deberíamos volver –añadió él, después de un instante.

Abby asintió. Se alegraba de que hubieran volado la

cometa, pero sabía que ninguno de los dos había esperado aquella tensión entre ellos, llena de todas las cosas que ninguno de los dos parecía preparado para decir.

Un mes después se encontraban desayunando cuando Luc le dijo:

–Nos vamos a París dentro de dos días. Tienes una ecografía para saber cómo vas.

–¿Vamos en tren?

–No, en avión. Tal vez deberíamos quedarnos el fin de semana. Necesitas comprar algunas cosas, ¿no? Podríamos ir de tiendas.

La perspectiva de comprar cosas nuevas le resultaba más que atractiva a Abby, aunque lo era mucho más el hecho de estar de nuevo en París con Luc. Iban a regresar donde todo había comenzado. ¿Serían las cosas diferentes en esta ocasión?

Aterrizaron en París en un cálido y soleado día de abril, que más bien parecía propio del verano. Fueron en coche al tocólogo con el que Luc había concertado la cita para la ecografía. La imagen del bebé moviéndose en el interior del vientre de Abby los hizo sonreír a ambos.

–Parece ser una niña bastante activa –dijo el médico–. Además, parece que el problema de la placenta previa ha mejorado considerablemente. Déjeme mirar un poco más... Sí. Ha desaparecido por completo –confirmó–. Enhorabuena. Puede retomar un poco su vida normal –añadió, mirando a Luc–. Estoy seguro de que usted se alegrará de esto, señor.

Luc no respondió, pero Abby sintió que la excitación le recorría todo el cuerpo. El doctor estaba hablando del sexo. Ya no había razón para que Luc se mantuviera alejado de ella por las noches ni para no consumar su relación una vez más.

«¿Qué relación?», le dijo una voz interior. «Sólo estás en Francia, con Luc, por el bebé. Él jamás ha dicho otra cosa y tú tienes miedo de preguntarle. ¡Menuda relación!».

Cerró los ojos y sintió la mano de Luc sobre el brazo.

—Abby, ¿te encuentras bien?

—Sí. Estoy tan aliviada...

—Yo también. Han sido muy buenas noticias.

Después de abandonar la consulta del médico, fueron a almorzar a un elegante restaurante antes de dirigirse a los Campos Elíseos para realizar las prometidas compras. Abby no había esperado comprar ropas de embarazada con tanto entusiasmo como tampoco había imaginado que Luc sería capaz de encontrar las lujosas boutiques que ni siquiera ella sabía que existían. Cuando se probó algunos modelos, le gustó el modo en el que la suave tela le caía por la barriga. Le proporcionaba una sorprendente seguridad en sí misma y una sensualidad que jamás hubiera esperado.

—Es precioso...

—Estás preciosa con él. Como con todos ésos. Nos los llevamos todos.

—¡Todos! No necesito...

—Esto no tiene nada que ver con la necesidad, sino con el deseo. Con lo que yo deseo —dijo, con una posesiva sonrisa—. Haré que nos lleven todo esto al hotel. Ahora, tienes otra cita arriba.

—¿Sí?

Una señorita se materializó a su lado.

–Señorita Summers, si no le importa acompañarme... –dijo la mujer. Intrigada, Abby la siguió hasta la planta de arriba, donde había un spa especialmente diseñado para embarazadas–. *Monsieur le Comte* le ha reservado una tarde de tratamientos. Empezaremos con un masaje.

Durante las siguientes horas, Abby se vio untada con cremas, lociones, aceites y diversos productos de belleza. Cuando por fin se marchó del spa, estaba tan relajada que prácticamente flotaba.

Luc estaba esperándola en el vestíbulo y sonrió al verla.

–Pareces muy relajada.

–Tanto que podría quedarme dormida.

–Todavía no. He hecho una reserva para cenar en Le Cinq. Ya he hecho que envíen todo lo que hemos comprado a la suite para que te puedas poner algo nuevo si quieres.

Cuando salieron a la calle, su coche ya les estaba esperando. Los llevó en cuestión de minutos al hotel George V, en el que Luc había reservado la suite real. Al entrar en el lujoso salón, Abby recordó la última vez que había estado en una suite tan majestuosa como aquélla y el corazón comenzó a latirle con fuerza. Como en aquella ocasión, no sabía lo que iba a ocurrir aquella noche. No obstante, al ver que Luc la miraba con una sonrisa en los labios, presintió que aquella noche podría ser muy diferente. Podría ser el final feliz a su cuento de hadas.

–Pareces sorprendida de estar aquí –le dijo Luc tras acercarse a ella.

–Así es. Sorprendida y feliz. Ha sido un día maravilloso.

–Estupendo...

Luc se inclinó sobre ella y le rozó los labios con los suyos. Abby cerró los ojos y se entregó plenamente al beso, como si así pudiera comunicarle a Luc todo lo que sentía, todo lo que esperaba y deseaba.

Desgraciadamente, el beso terminó demasiado pronto. Luc se apartó de ella. Permanecieron así un instante, en silencio. Abby no quería romper aquel frágil contacto hablando, pero necesitaba hacerlo.

–Luc, ¿qué ocurre?

–No quiero que esto termine...

–No tiene por qué –susurró Abby aliviada.

–No, no tiene por qué....

Varias horas después, Abby estaba en el vestidor de la suite real terminando de ponerse un hermoso vestido de seda color humo. Estaba muy hermosa y así era precisamente como se sentía. Se había dejado el cabello suelto y éste le caía suavemente en ondas por los hombros. Con una sonrisa, tomó el delicado echarpe a juego y se dirigió al salón.

Luc estaba esperándola, completamente arrebatador con un traje que enfatizaba sus anchos hombros y estrechas caderas. Le dedicó una espectacular sonrisa al verla.

–Estás fantástica –dijo, con un profundo sentimiento de sinceridad.

–Tú también –respondió ella. Los dos se miraron durante un instante hasta que Abby terminó por soltar una carcajada–. Y yo me muero de hambre. Esta niña necesita comer –añadió tocándose el vientre.

–Tus deseos son órdenes para mí –replicó. Entonces, le rodeó los hombros con el brazo y así, juntos, se dirigieron a Le Cinq, que estaba situado en el mismo hotel.

Un camarero muy elegante los saludó con una inclinación al llegar al restaurante y les indicó una mesa situada en un rincón muy íntimo.

Abby tomó asiento y abrió el menú que el camarero le ofreció.

–¿Has pedido ya? –le preguntó a Luc.

–Esta vez no.

Abby sonrió. Un pequeño cambio que era, sin embargo, muy importante. Examinó el menú muy satisfecha. Terminaron tomando caviar de salmón y trufas negras, cordero con espárragos. A pesar de la deliciosa comida, Abby casi no notaba lo que se metía en la boca. Estaba completamente pendiente de Luc. Él la miraba también de un modo que conseguía prender la llama de la esperanza y la alegría en el corazón de Abby.

Después de tomar el postre, se levantaron de la mesa. Mientras se dirigían al ascensor, Luc la tomó de la mano. Ella comenzó a sentir una profunda expectación sobre lo que pudiera acontecer al llegar a la suite.

No hablaron durante el trayecto en ascensor. Al llegar a la suite, Abby dijo:

–Debería cambiarme.

–Pero estás tan hermosa.... ¿Es cómodo el vestido?

–Sí, pero me duelen los pies.

–Eso se remedía muy fácilmente.

Luc le indicó que se sentara. Cuando lo hizo, él le deslizó los dedos por las pantorrillas, haciendo que saltaran las chispas en su cuerpo. Entonces, le quitó las sandalias y comenzó a masajearle los pies. Sin que ella dijera ni una sola palabra, le encontró los puntos que más le dolían. Ella echó la cabeza hacia atrás y se reclinó contra el sofá.

–Qué bien... –murmuró. A pesar de comenzar a relajarse, sentía también el fuego que las manos de Luc le producía sobre la piel.

Comenzó a subir las manos hacia las piernas. Entonces, se arrodilló por completo delante de ella y le colocó la mejilla contra el vientre. El bebé dio una patada y los dos se echaron a reír.

–¡Vaya! Es muy fuerte, ¿verdad? –exclamó él.

–Sabe lo que quiere –susurró Abby. Sin poder evitarlo, levantó las manos y enredó los dedos en el cabello de Luc y le hizo levantar el rostro hacia ella.

–Abby...

Deslizó las manos por su cuerpo hasta colocárselas sobre los hombros. La acercó a él hasta que sus labios se encontraron. En aquella ocasión, no hubo duda alguna. Ni preguntas. Ni miedo.

Luc se apartó después de un largo y maravilloso momento.

–No quiero hacerte daño –dijo él. Abby no sabía si quería decir física o emocionalmente.

–No me lo harás.

Entonces, con los rayos de la luna convirtiendo el mundo en plata, Luc la llevó desde el salón hasta el dormitorio. La enorme cama ya les esperaba esperando. Allí, él volvió a besarla con una suave pasión que no por eso dejaba de hablar de su urgencia y de su necesidad. Abby respondió quitándose el vestido, que se deslizó al suelo en un susurro de seda. Luc se desabrochó la camisa y, cuando los dos estuvieron desnudos, la condujo a la cama. Abby se dejó llevar, sin pudor, sin miedo, creyendo por fin en la realidad y en la verdad de aquel momento y esperando que durara para siempre.

Luc tomó a Abby entre sus brazos cuando la respiración se le tranquilizó y ella se quedó dormida. Le colocó una mano posesivamente sobre la barriga y sintió la patada de su hija, lo que le provocó una profunda excitación.

«Esto no va a durar. No puede durar».

Quería apartar de su conciencia los miedos y los recuerdos del pasado. Jamás había esperado experimentar aquella clase de amor tan profundo y tan completo. De hecho, ya no se podía imaginar la vida sin él. Sin Abby.

¿Y si tenía que hacerlo? ¿Y si le fallaba a Abby tal y como le había fallado a Suzanne? ¿Y si aquella felicidad, aquel amor, no era nada más que un espejismo, una noche mágica pero irreal?

La apretó instintivamente. Abby se rebulló en sueños. Él la hizo relajarse y se obligó a dejar la mente en blanco. No podía pensar en todas las posibilidades. En los temores de lo que pudiera ocurrir.

Tal vez no ocurriría nada. Tal vez aquel instante duraría para siempre. Se podrían despertar una y otra vez, mañana tras mañana y compartir otro día juntos. Tal vez, en aquella ocasión, duraría. Nada saldría mal. Nada podría hacer pedazos la pura perfección de su amor.

Abby se despertó con los rayos del sol entrando a raudales por la ventana. Una doncella estaba llamando a la puerta. Se tensó y miró el reloj que tenía junto a la cama. Era casi mediodía.

Se cubrió los senos con la sábana y miró a su alrededor. Sintió una aterradora sensación al ver que estaba sola y que la ropa aún seguía esparcida por el suelo.

¿Dónde estaba Luc?

–*Bonjour?* –decía la doncella desde el salón.

Abby cerró los ojos. Se sentía como si estuviera reviviendo uno de los peores momentos de su vida.

–*Bonjour* –oyó que respondía una voz. Entonces, oyó una breve conversación antes de que la doncella se despidiera y se cerrara la puerta de la suite.

Luc entró en el dormitorio con el cabello aún húmedo de la ducha y la camisa a medio abotonar. Estaba muy guapo. Se detuvo en la puerta, sonriendo. Abby sonrió también y sintió que el corazón le daba un vuelvo. En aquel momento, supo que aquél era el inicio de un futuro juntos.

Capítulo 13

ESE FUTURO juntos duró dos meses. Dos maravillosos meses en los que apenas salían de la casa. Se pasaban los días leyendo, relajándose, cocinando y haciendo el amor.

Algunas tardes se tumbaban en la cama, que habían compartido desde que regresaron de París, y sentían cómo el bebé daba vueltas y patadas en la barriga de Abby. Hablaron de nombres. Sería Charlotte o Emilie y se preguntaron cómo sería. Esto fue lo más cerca que estuvieron de hablar sobre un futuro juntos. Abby se decía que no le importaba. Que no debía sentir miedo.

Había mucho tiempo para que Luc confiara. Abby no sabía qué era lo que le impedía entregarse del todo, pero lo sentía en el instante justo después de que hicieran el amor, cuando apartaba su cuerpo ligeramente del de ella. Lo sentía en los repentinos silencios o cuando veía una sombra en su mirada. Entonces, sabía que estaba pensando. Recordando.

Quería preguntarle de qué tenía miedo. Ansiaba conseguir respuestas, declaraciones que sabía instintivamente que no estaba dispuesta a dar ni a hacer. No lo hacía porque tenía miedo de no recibir respuesta. De que, en realidad, no tuvieran futuro. Sabía que debía preguntarle qué tenía la intención de hacer cuando naciera la niña o tal vez simplemente debía decirle lo que ella quería hacer. Deseaba quedarse en Francia, viviendo en la casa. Seguir exactamente igual.

A pesar de todo, sabía que esto no era posible.

–Me voy a París –le dijo él una mañana mientras desayunaban.

–¿Y eso? ¿Acaso tienes negocios que hacer allí?

–Sí –respondió él–. Pero sólo estaré fuera un día. Y tú tienes el número de mi móvil.

–Sí, claro...

De repente, Abby ya no tuvo apetito. Luc no le había pedido que lo acompañara a París y ella no se lo podía pedir. No quería suplicar ni que él la rechazara. Además, estaba ya embarazada de ocho meses. Se dijo que estaría mejor allí. Después de todo, sólo era un día. Podría descansar y cocinar algo para cenar tranquilamente.

No fue así. En cuanto Luc se fue, Abby sintió el vacío de la casa a su alrededor. Comenzó a recorrer las habitaciones sin parar. Aquello era ridículo.

Decidió ir a dar un paseo para ver si se tranquilizaba un poco. Tomó la carretera y comenzó a caminar. Muy pronto supo que sólo tenía un destino en mente. El castillo Mirabeau.

Cuando llegó allí, comprobó que el candado era nuevo y que las verjas estaban firmemente cerradas, tal y como ya sabía desde hacía algún tiempo. Se había fijado en el cambio de cerradura cuando pasaban por delante de la verja cada vez que iban a Pont-Saint-Esprit desde el coche. Luc nunca le había dicho nada ni ella se lo había preguntado. Sacudió la cabeza lentamente, avergonzada e irritada consigo misma. Si tuviera una relación normal con Luc, de amor y confianza, habrían hablado de esas cosas, ¿no? De repente, se sintió como si no lo tuviera. Tal vez nunca lo había tenido, al menos del modo que ella quería.

El sonido del motor de un coche que se acercaba la sacó de tan tristes pensamientos. Al notar que el vehículo frenaba, Abby se dio la vuelta con la ridícula esperanza de que fuera Luc.

La esperanza murió pronto, cuando una mujer elegantemente vestida se bajó del coche y se dirigió a Abby con un gesto casi desesperado en el rostro. De repente, Abby se puso nerviosa. ¿Y si Luc había vendido el castillo? Tal vez aquella mujer era la dueña y quería que Abby se marchara de su propiedad. Se protegió el vientre instintivamente con las manos.

—¿Vive usted aquí? —le preguntó la mujer en francés.

—No. Sólo estaba mirando.

—Había esperado... —murmuró la mujer. Parecía triste de repente.

—¿Cómo dice?

—¿Conoce usted al *comte* de Gévaudan?

—Sí —respondió Abby, sorprendida de que alguien pudiera dirigirse a Luc por su título.

—No se ha casado usted con él o habrían salido en los periódicos. Me habría enterado.

—¿Lo conoce usted? —preguntó Abby, intrigada por aquel comentario.

—Sí, claro que lo conozco, aunque hace dos años que no nos vemos... desde el entierro de mi hija.

Inmediatamente, Abby supo quién era aquella mujer.

—Usted es la madre de Suzanne, ¿verdad?

—Así es. Me llamo Mireille Roget —confirmó la mujer—. ¿Le ha hablado él a usted de Suzanne?

–Sí, por supuesto. Él... Él lamenta mucho la muerte de Suzanne –dijo sin saber muy bien cómo explicar los sentimientos de Luc.

–Lo sé –replicó Mireille–. *Mon Dieu*. Lo sabe todo el mundo. Ya se ha castigado bastante por ello. Cerró el castillo, se marchó de la región... Cuando la vi a usted ahí, pensé que tal vez había vuelto a abrir el castillo. Que volvía a vivir allí.

–¿De verdad?

–Sí. Perder a mi hija fue una experiencia muy mala, *mademoiselle*, pero ver cómo se desperdiciaba otra vida de un modo tan estúpido incrementaba aún más mi pena. Sé que Luc se culpó por la infelicidad de Suzanne y tal vez incluso por su muerte, pero no fue culpa suya.

–Él no lo ve así. Sigue sintiéndose culpable.

–Tenía esperanzas, pero... ¿está con usted? ¿Ha seguido adelante con su vida?

–No lo sé –susurró Abby, con voz temblorosa. Estaba a punto de echarse a llorar y Mireille se dio cuenta.

–Éste no es lugar para tener esta conversación. Vamos. Deje que la lleve a Pont-Saint-Esprit. Iba a ir allí de todos modos. Podremos tomar un café. Charlar. Creo que seguramente nos vendrá bien a las dos.

Aunque aquella mujer era una desconocida, Abby confió en ella y dejó que la acompañara al coche.

Minutos más tarde, sentadas ya en un café, Abby escuchó todo lo que Mireille tenía que contarle. Por fin escuchaba el otro lado de la historia.

–Suzanne adoraba a Luc. En realidad, lo idolatraba... pero como el hermano mayor que nunca tuvo. Como te podrás imaginar, no es la mejor base para un matrimonio.

–No.

–Él por su parte la quería. Estaba siempre atento a lo que ella pudiera necesitar, pero eso jamás fue suficiente para Suzanne. Nada podría ser nunca suficiente. Era una muchacha muy melancólica y supongo que esa condición empeoró después del matrimonio. Yo la quería mucho y aún me duele saber lo infeliz que fue. Al menos al final...

–¿Al final?

–Sí. Había decidido divorciarse de Luc. Yo jamás se lo dije porque sabía que él se culparía por el fracaso de su matrimonio, pero en realidad, ese matrimonio no debió ocurrir nunca. Suzanne había empezado por fin a comprenderlo –dijo Mireille tras tomar un sorbo de café–. El día en el que ella murió, iba a visitarme. Me llamó para decirme que había decidido dar un giro a su vida. Se había apuntado a un curso de Pedagogía en París. Eso era lo que siempre había querido hacer, pero no le parecía que fuera adecuado por su papel de condesa. Suzanne tenía miedo de decírselo a Luc. Incluso le ocultó el hecho de que hubiera estado tan deprimida. El pobre sólo se enteró después de la muerte de Suzanne.

–¿Y dices que iba a visitarte? ¿Significa eso que era feliz?

–Sí. Por primera vez en muchos años. Me reconforta saberlo.

Abby tragó saliva. El corazón le latía a toda velocidad.

–Luc se preguntó si... Suzanne quería...

Mireille tardó un instante en comprender lo que Abby quería decir.

–¿Quieres decir que si tenía intención de quitarse la

vida en la carretera? No. No. Ella no... Imposible. Por fin había conseguido enmendar su vida. No se salió de la carretera a propósito.

–Me alegra saberlo... Por su bien y por el de Luc.

–No me extraña que se torture de ese modo. El informe del accidente decía que tal vez algún animal se le cruzó en la carretera y que Suzanne dio un volantazo para evitarlo... Les tenía mucho cariño a los animales...

–Mireille, muchas gracias por hablar conmigo de todo esto. Espero... rezo para que cambien las cosas.

–¿Con Luc? ¿Es suyo? –le preguntó la mujer señalando la barriga.

–Sí –admitió Abby sonrojándose.

–¿Lo amas?

–Sí.

–En ese caso, rezaré por vosotros. Él tiene que seguir con su vida. Amar a alguien de verdad y dejar que lo amen a él. Lo que tuvo con Suzanne... No estuvo bien, pero tal vez contigo... Rezaré por ti...

Abby asintió dado que la emoción le impedía hablar. La esperanza que Mireille le había ofrecido con lo que le había contado le había proporcionado un gran alivio.

Las dos mujeres salieron del café y se dirigieron a la casa. Abby se sentía muy cansada por lo que tuvo que cerrar los ojos hasta que llegaron a su destino.

–Abigail, ya hemos llegado...

–¿Cómo?

Abby parpadeó. Se sentía desorientada y mareada. Trató de incorporarse y abrir la puerta del coche, pero se sentía como si tuviera un velo por delante de los ojos que enmudecía la voz de Mireille y la luz del día.

–Abigail, *ça va*?

–Estoy bien.

Entonces, Abby se miró y se dio cuenta de la sangre que le cubría los vaqueros y el asiento del coche. Parecía estar por todas partes. ¿Cómo podía haber tanta? Entonces, el velo la cubrió por completo y ella se desmoronó, completamente inconsciente.

El sonido del teléfono móvil de Luc resonó en la sala de conferencias de París. Tenía un montón de documentos encima de la mesa, que detallaban la venta del castillo Mirabeau. Luc se detuvo cuando estaba a punto de firmar.

–*Pardonnez-moi* –dijo. Abrió el teléfono y contestó–. *Oui?*

–Luc, soy Mireille –anunció la mujer. Al escuchar su voz, Luc se extrañó mucho. Hacía meses que no hablaba con ella. El tono de su voz le recordó la última vez que ella lo llamó por teléfono, cuando utilizó exactamente las mismas palabras–. Ha habido un accidente.

–Abby... ¿Por qué...? ¿Cómo es que me llamas tú por Abby?

–Nos conocimos esta mañana. Hemos hablado.

–No... No... –susurró. No se podía creer que fuera a perderlo todo otra vez.

–¡No, Luc! No es eso... Está viva, pero el bebé... Se la han llevado al hospital.

–Estaré allí dentro de un par de horas.

–Lo siento –musitó Mireille un segundo antes de que él cortara la llamada. Se levantó de la mesa sin firmar.

–*Monsieur le comte*?

–*Pardonnez-moi* –murmuró antes de salir de la sala.

La venta del castillo había quedado completamente olvidada. Abby era en lo único en lo que podía pensar.

Abby. La mujer a la que amaba. La mujer que no podía perder.

Ella se despertó lentamente. Vio la habitación del hospital e, inmediatamente, se llevó las manos al vientre. Entonces, lanzó un grito de miedo y dolor. Donde antes había un bebé lleno de vida, sólo quedaba un útero vacío, blando.

–Mi hija... –gritó, llena de desesperación.

De repente, notó que alguien se movía a su lado y vio el rostro de Luc. Él le tomó las manos y se las apretó con fuerza.

–Está bien, Abby. Está a salvo.

–¿Dónde...?

–Te han hecho una cesárea de emergencia. Se te desprendió la placenta y estabas en serio peligro. Afortunadamente, Mireille se dio cuenta y te llevó directamente al hospital. Allí, te operaron inmediatamente y nuestra hija está bien. Es pequeñita, pero está bien...

–Has regresado.

–Mireille me llamó al móvil. Jamás debería haberme marchado, pero pensé que por un día... Gracias a Dios, estás a salvo. Las dos estáis a salvo.

–¿Puedo verla? –preguntó Abby, mucho más tranquila.

–En este momento está en la UCI porque nació antes de tiempo, pero haré que te la traigan en cuanto sea posible.

–Gracias. Me alegro mucho de que estés aquí.

–Ojalá hubiera podido volver antes. No debería haberte dejado sola.

–¿Quién se hubiera podido imaginar que esto iba a ocurrir después de la ecografía? No puedes estar siempre conmigo.

–No.

Los dos quedaron en silencio. Abby deseaba desesperadamente saber lo que Luc quería hacer. Sabía que él esperaría que regresara a la casa al menos hasta que estuviera recuperada, pero después... Lo último que quería era ser un problema para él. Era mejor seguir con su vida, recuperarse y luego... estar sola.

–Luc...

–Shh... Debería dejarte descansar. Te traerán pronto a la niña –dijo. Se levantó y sonrió. Incluso en su estado, Abby se dio cuenta de lo distante que se mostraba y sintió que se le caía el alma a los pies. Apartó el rostro para que él no la viera llorar.

–Está bien.

Luc no respondió. El silencio le dijo a Abby que se había marchado.

Capítulo 14

LUC DETUVO el coche frente a las verjas, iluminadas por la luz de la luna. Había llegado directamente desde el hospital, de la habitación de Abby, a la que había dejado con su pequeña en brazos. Habían decidido llamarla Emilie Charlotte. La imagen de su hija hacía que le doliera el corazón con el recuerdo. Saber lo mucho que tenía en aquellos momentos le hacía temer más lo que pudiera perder.

Permaneció sentado en el coche un instante antes de descender. Entonces, se dirigió a la verja y la abrió. Comenzó a caminar por el sendero de grava. A pesar de que el castillo Mirabeau sólo era una silueta contra el oscuro cielo, lo conocía tan bien que no dudó ni un momento para llegar a la puerta principal. La abrió y penetró en el vestíbulo, respirando el aroma de la casa. A pesar del polvo y de más de un año de abandono, aún olía a su hogar.

Era su hogar.

La obsesión por aquellas paredes lo había llevado al extremo, hasta el punto de que podría haber costado una vida, la de su esposa. Había sentido culpabilidad, vergüenza, pena y dolor a la vez, tanto que simplemente decidió no sentir nada nunca más. Era más fácil.

No obstante, estaba cansado ya de todo eso. Cansado de la culpabilidad, agotado de sentir miedo. Jamás había estado tan asustado como el día en el que Mireille lo llamó para contarle que Abby estaba en el hospital. En aquel momento, sintió que toda su vida se desintegraba como si fuera ceniza.

Había pensado que amar a Abby sería duro, que el riesgo de hacerle daño, de fallarla, era demasiado grande. Se había negado la posibilidad de un futuro con ella por esto. Sin embargo, en ese momento, cuando comprendió que podía perder a Abby para siempre, comprendió la verdad. Perderla a ella sería mucho peor.

Por eso, tenía que elegir. Podía decidir volver a lo seguro, a la insensibilidad, o podía arriesgarse. Podía elegir entre el amor y la seguridad, entre la vida o la insensibilidad. Podía elegir sentir, aunque el hecho de sentir pudiera acarrear dolor.

Tenía que tomar una decisión.

La casa crujió a su alrededor, como si fuera un suspiro. Lentamente, Luc extendió la mano y tocó una sábana cercana. Al principio, tiró suavemente y luego lo hizo con más fuerza, hasta que la sábana cayó de repente... y la vida comenzó por fin.

Abby se movía lentamente por la casa con la pequeña Emilie en brazos. Hacía una semana del nacimiento de su hija y todo aún le resultaba nuevo, frágil e incierto.

–Voy a ponerla en la cuna –le dijo a Luc, que estaba en el umbral con expresión tensa y distraída.

–He llevado todas sus cosas al despacho –respondió él–, dado que no puedes subir escaleras.

–¿Qué cosas?

–Le he encargado unas cosas en París –contestó, con una sonrisa–. Una de todo lo que se me ocurrió.

Abby asintió y se dirigió hacia el estudio. Se detuvo en la puerta asombrada de la transformación que había sufrido el cuarto. Estaba decorado en blanco y rosa, con una enorme cuna, un cambiador, una cómoda y al menos dos docenas de juguetes infantiles.

–Vaya...

–Deberíamos haberle comprado las cosas antes.

–Sí. No estábamos muy preparados, ¿verdad?

Habían estado ocultándose de la realidad. Ya no podían seguir haciéndolo. Dejó a Emilie en la enorme cuna y la cubrió con las hermosas mantitas. Entonces, se volvió a mirar a Luc. Había llegado el momento de enfrentarse a la verdad. Al futuro.

–Luc...

–Vas a despertar a Emilie.

–En ese caso, vayamos fuera.

Atravesaron el salón para dirigirse a la terraza. Allí, Abby decidió que echaría mucho de menos aquel lugar. Echaría mucho de menos a Luc y todo lo que habían compartido, pero, sobre todo, echaría de menos lo que no habían llegado a compartir: la posibilidad de vivir y amarse juntos, de unirse cada vez más viendo cómo su hija crecía y se iba haciendo mayor.

–Tengo que quedarme unas semanas aquí hasta que me recupere –dijo, tras tragar saliva–, pero entonces creo que debería marcharme

Durante un instante, Luc la miró horrorizado. La esperanza prendió en Abby. Entonces, perdió toda expresión en su rostro y se encogió de hombros.

–Si eso es lo que quieres.

–¿Es eso lo único que se te ocurre decir? –le preguntó muy ofendida. Después de todo, acababa de tener una hija suya.

–¿Acaso no es lo que quieres que diga?

–¿Lo que yo quiero, dices? ¿Qué es lo que hemos estado haciendo estos últimos meses, Luc? ¿Divirtiéndonos? Ninguno de los dos ha mencionado el futuro ni una sola vez. Ni siquiera hemos dicho lo que sentimos el uno por el otro. Hemos enterrado la cabeza en la arena, pero ya no podemos seguir haciéndolo. Al menos, yo no puedo. Quiero más y sé que tú no me lo vas a dar.

Luc no dijo ni una palabra. Ni siquiera parpadeó. Abby necesitaba una reacción.

–¿Y bien? ¿Vas a decir algo? ¿Adiós, al menos?

–Debería... debería dejarte marchar. Llevo diciéndomelo días, semanas... estarías mejor sin mí.

–¿Estás seguro de que no quieres decir que tú estarías mejor sin mí? –le espetó ella–. No voy a permitir que te sigas escondiendo detrás de tu miedo. Ya me has dicho que te alejaste de mí porque no querías hacerme daño. Bueno, pues esta vez no cuela. Si vas a marcharte esta vez, tendrás que ser sincero. No es porque tengas miedo de hacerme daño, sino porque tienes miedo de hacerte daño a ti mismo.

–¿Cómo...? –preguntó él con incredulidad.

–El amor duele, ¿verdad? Los sentimientos duelen. Amar te abre a la posibilidad de sufrir, algo que puede resultar muy aterrador. Sin embargo, ahora creo que te ha llegado la hora de que te vuelvas a reunir con los vivos. Tienes que seguir con tu vida. Tienes que elegir. Elegir la vida. Elegir el amor. Elegirme a mí.

–Quiero elegirte a ti, pero... He tenido tanto miedo.

–Oh, Luc...

Abby se desmoronó y lo abrazó con fuerza. Los dos permanecieron así un largo instante, sin que ninguno de los dos hablara. Finalmente, Luc suspiró con fuerza, levantó la cabeza y apretó la frente contra la de Abby.

–La otra noche, cuando te dejé en el hospital, empecé a pensar en todo esto. Precisamente en todo lo que me has dicho, Abby. Me conoces muy bien. Creía que estarías mejor sin mí. Creía que te desilusionaría o te haría daño y por ello pensé que estaba haciendo lo correcto. Entonces, cuando fui al castillo Mirabeau, me di cuenta...

–¿Fuiste al castillo?

–Sí. Iba a venderlo. Para eso fui a París. Creía... creía que me ayudaría a olvidarlo todo, pero no se puede salir huyendo del pasado. Hay que intentar sanar las heridas. Creía que me estaba comportando con nobleza hacia ti, que te estaba protegiendo –susurró mientras le deslizaba las manos por debajo del cabello–, pero tenías razón. En realidad, me estaba protegiendo a mí mismo.

Abby esperó a que siguiera conteniendo el aliento. Esperanzada.

–Tenía miedo de sentir... de amar. Miedo de hacerte daño, pero también de que me lo hicieras a mí. Me comporté de un modo egoísta dejándote, diciéndote que no podía darte lo que necesitabas. Lo hice por miedo y no por altruismo. Supongo que el corazón me engañó.

–Sin embargo, ahora estás siendo sincero. ¿Por qué?

–Porque cuando te vi en el hospital, tan pálida, tan inmóvil, me di cuenta de que podía perderte –musitó, con los ojos llenos de lágrimas–. Ese pensamiento me aterró. Todo este tiempo convenciéndome de que debería dejarte marchar y luego... Aquella noche, me marché del hospital aterrado. Supongo que estaba huyendo. Cuando llegué al castillo Mirabeau, comprendí que no podía venderlo. No debía hacerlo. Es parte de mí y vendiéndolo no conseguiría nada. Lo conseguiría amándote.

–Luc, ¿sabes lo que me dijo Mireille sobre el accidente?

–Me lo dijo a mí también mientras estabas en el hospital. A pesar de que me alegro de que Suzanne no se suicidara, me he dado cuenta de que esto era sobre mí, no sobre ella. Tengo que correr riesgos y elegir el amor. Elegirte a ti –dijo. Entonces, suspiró profundamente–. La pregunta es si tú también me eliges a mí.

–¿Que si te elijo a ti? –repitió Abby, sonriendo, con la alegría y la esperanza reflejadas en la voz–. Claro que te elijo a ti.

Luc la abrazó suave pero firmemente. En aquel momento, un grito quebró el aire. Luc sonrió.

–Creo que alguien más ha elegido también –murmuró–. Despertarse, claro está.

Abby se echó a reír y, aún con los dedos entrelazados con los de Luc, fue a cuidar de su hija.

Epílogo

Tres meses después

EL AIRE era cálido, aunque con una ligera nota de frescura. Las hojas de los árboles ya se habían empezado a teñir de amarillo. Luc avanzaba en coche hacia el castillo. El castillo Mirabeau se erguía con apariencia dorada bajo el sol de septiembre, rodeado por las últimas flores del verano.

Aparcó el coche y agarró la silla de bebé que había en el asiento trasero. En él dormía Emilie. Abby descendió también del vehículo.

–Cierra los ojos –le dijo Luc.

–¿Durante cuánto tiempo?

–Hasta que yo diga.

La tomó de la mano y la ayudó a subir los escalones de entrada. La puerta estaba abierta y el aire portaba el aroma de la cera y de las flores. Abby ansiaba abrir los ojos para ver todos los cambios que se habían efectuado, pero los mantuvo cerrados obedientemente.

–¿Adónde me llevas?

–Ya lo verás.

Avanzaron por el laberinto de salas hasta que se detuvieron por fin. Entonces, Abby simplemente lo supo.

–Abre los ojos.

Tal y como había esperado, estaban en la maravillosa sala de música. El magnífico piano había sido completamente restaurado y relucía bajo los rayos del sol. Los sofás y las sillas estaban estratégicamente colocados alrededor de la sala, lo que convertía la estancia en el lugar perfecto para una reunión informal o un pequeño concierto.

Abby se dirigió hacia el piano, pero dudó. Hacía casi ocho meses que no había tocado como es debido. Ansiaba crear música, sentir las suaves teclas de marfil bajo los dedos.

Luc esperó, animándola en silencio, con su hija en brazos. Entonces, Abby comenzó a tocar. La música fluyó como seda por la sala, envolviéndolos con su seductora melodía. La *Appassionata*. Sin embargo, la pieza ya no sonaba triste, sino apasionada, urgente, viva.

Luc no habló hasta que sonó la última nota. Cuando Abby se volvió a mirarlo, sintió las lágrimas en los ojos. Lágrimas de felicidad. Se las limpió sin pudor mientras sonreía a Luc.

–Gracias.

–Gracias a ti –replicó él.

Sin dejar de sonreír, Abby lo tomó de la mano y lo condujo a la terraza, desde donde vieron cómo el sol enviaba sus dorados rayos sobre las verdes praderas y los viñedos de la finca, la tierra que un día le pertenecería a Emilie.

Un pájaro cantó suavemente. Con el corazón pleno, Abby sintió que el mundo era absolutamente perfecto.

Iba a hacérselo pagar… ¡en la cama!

Obsesionado por ser hijo ilegítimo y por la pobreza con la que había crecido, Valente Lorenzatto no podía perdonar a Caroline Hales por haberlo dejado plantado en el altar.

Pero ahora que era millonario y había heredado un título nobiliario, estaba preparado para vengarse. Iba a arruinar a la familia de Caroline comprando su empresa… a no ser que ella accediera a darle la noche de bodas que le había negado cinco años antes…

Segunda boda

Lynne Graham

Acepte 2 de nuestras mejores novelas de amor GRATIS

¡Y reciba un regalo sorpresa!

Oferta especial de tiempo limitado

Rellene el cupón y envíelo a

Harlequin Reader Service®
3010 Walden Ave.
P.O. Box 1867
Buffalo, N.Y. 14240-1867

¡Si! Por favor, envíenme 2 novelas de amor de Harlequin (1 Bianca® y 1 Deseo®) gratis, más el regalo sorpresa. Luego remítanme 4 novelas nuevas todos los meses, las cuales recibiré mucho antes de que aparezcan en librerías, y factúrenme al bajo precio de $3,24 cada una, más $0,25 por envío e impuesto de ventas, si corresponde*. Este es el precio total, y es un ahorro de casi el 20% sobre el precio de portada. !Una oferta excelente! Entiendo que el hecho de aceptar estos libros y el regalo no me obliga en forma alguna a la compra de libros adicionales. Y también que puedo devolver cualquier envío y cancelar en cualquier momento. Aún si decido no comprar ningún otro libro de Harlequin, los 2 libros gratis y el regalo sorpresa son míos para siempre.

416 LBN DU7N

Nombre y apellido	(Por favor, letra de molde)	
Dirección	Apartamento No.	
Ciudad	Estado	Zona postal

Esta oferta se limita a un pedido por hogar y no está disponible para los subscriptores actuales de Deseo® y Bianca®.
*Los términos y precios quedan sujetos a cambios sin aviso previo.
Impuestos de ventas aplican en N.Y.

SPN-03   ©2003 Harlequin Enterprises Limited

Deseo™

Una noche, dos hijos

KATHIE DeNOSKY

Arielle Garnier estaba embarazada y el
padre no aparecía por ningún sitio…
hasta que un día se presentó de repente en su despacho.

Zach Forsythe, multimillonario y pro-
pietario de una cadena de hoteles, era
el hombre con el que había tenido
una aventura en Aspen. ¿Cómo iba a
confiar en él cuando le había mentido
sobre su identidad y la había abandonado sin decir nada?

Zach no había olvidado a la belleza
que le había dado siete días de felicidad. Pero encontrarla esperando ge-
melos suyos fue una sorpresa… como
su negativa a casarse con él.

Padre desaparecido…
hasta ahora

Bianca™

*Una tormenta de nieve la hizo quedarse atrapada
con su despiadado jefe…*

El atractivo de Linus Ha-
rrison era demasiado para su
sensata y respetable secreta-
ria Andrea. Hacía que su corazón se acelerase sin poder
controlarlo. Y lo último que
Andi esperaba era tener que
pasar el fin de semana a so-
las con él.

El multimillonario Linus
disfrutaba con cualquier de-
safío y deseaba aprovechar la
oportunidad que representa-
ba la ingenua Andrea. Sólo
hacía falta una tormenta de
nieve en Escocia para encen-
der las llamas de su deseo…
¿Cómo podría resistirse Andi?

*Tormenta
de pasiones*

Carole Mortimer